龍神の雨

(作品集 07

龍神之雨

道尾秀介

珂辰 譯

(!)龍神之雨／目錄

世上只有一個的「世界」

總導讀／佳多山大地

道尾秀介是目前現代日本推理小說界中最受矚目的優秀新進作家。本文將藉著介紹從二〇〇五年的出道作《背之眼》到第七部長篇作品《鼠男》，來追溯這位一九七五年出生的年輕作家在轉眼之間便被認同為足以支撐下一個新時代新希望的軌跡。此外，關於各部作品的內容，為避免扼殺諸位讀者的閱讀樂趣，筆者將在後半部的「作品列表」中，簡單地寫出故事開頭部分。

道尾的作家出道之路，絕對稱不上順利風光。出道作《背之眼》是僅六年歷史的新人獎「恐怖懸疑小說大獎」（幻冬舍、新潮社、朝日電視臺主辦）的第五屆投稿作品。本作在評選過程中，引起了三位評審委員當中，領導新本格風潮的綾辻行人注意，獲得了第二名的「特別獎」。《背之眼》在恐怖怪奇的氣氛和邏輯推演上取得了絕佳的平衡，但在決選討論會上，評審卻認為此作受到京極夏彥《姑獲鳥之夏》之「妖怪系列」的強烈影響，以至於與大獎擦身而過。然而，道尾隨即在第二部作品，證明了自己的能力並不只是京極的跟隨者。

毫無疑問地，道尾在第二作《向日葵不開的夏天》發揮了身為新生代作家的真正價值。在出道當年十一月所發表的得獎後第一作，是一部以死後「輪迴轉世」的超自然——或是可說是佛教式——的設定為基底，融合了特殊且縝密的本格推理元素，成為一部描述「恐怖孩子」（enfant terrible）的傑作。道尾以抒情的筆法描寫了孩子們特有的殘酷和悲哀，在最後瘦小的主人翁所背負的「沉重故事」，讓人內心不禁湧起一股難以壓抑的哀痛之情。

二〇〇六年一月，第六屆本格推理大獎的入圍作公布之際，《向日葵不開的夏天》初次成為日本推理界的話題。道尾以一介新人之姿，和島田莊司的《摩天樓的怪人》、東野圭吾的《嫌疑犯X的獻身》等老牌作家同場較量。所謂的本格推理小說大獎，是由本格推理小說的創作者和評論家為主，在二〇〇〇年十一月成立的「本格推理作家俱樂部」所主辦的獎項。雖然道尾此時與大獎錯身而過（第六屆的得獎作為《嫌疑犯X的獻身》），不過這位出色新人的名聲已廣為推理小說讀者熟知。

接下來的《骸之爪》是以初次在出道作《背之眼》登場的「真備靈異現象探求所」所長真備庄介擔任偵探的第二部系列作。在佛像雕刻師工房接二連三發生的怪異事件，與二十年前下落不明的天才佛像雕刻師產生了關聯，描繪出工房主人家族的悲劇。這部作品令人聯想到作者敬愛的推理小說大師——橫溝正史名作《獄門島》（一九四九年），描述了人把人當成棋盤上棋子「操弄」的故事，徹底將讀者玩弄於手掌心。

第四部的《影子》則是和成名作《向日葵不開的夏天》走相同路線，以認知科學／腦科學為主題的優秀作品，同時也是作者獲得第七屆本格推理小說大獎的初期代表作。在故事結尾，作者將巧妙的伏線一一收攏之際，母親均已身亡的少年少女，終於得以放下背負的「沉重故事」。相較於《向日葵不開的夏天》，本作強調了未來破碎的家庭將可獲得重生的希望。

在這裡，筆者想稍微談一下「認知科學推理小說」。雖然聽起來有些複雜，不過不必覺得太困難。臺灣的推理小說讀者，想必也已經讀過所謂「敘述性詭計」的作品，但由於列舉具體作品名稱，違反了閱讀推理小說的禮貌，所以筆者省略這個部分。所謂的「敘述性詭計」作品是以第三人稱的敘述不說謊的最低程度限制下，巧妙地保留部分情報，在劇情架構上花費各種心思，好比以上述的書寫方式讓讀者誤認登場人物性別或年齡的作品群。作品中人物（嫌犯）的詭計並非用來欺騙調查方（偵探），而是作者用來欺騙讀者的，這種帶有後設小說趣味的部分則在「解謎篇」攤牌。讀者在作者巧妙的誤導下，腦中產生一個「自以為的世界」，而以這個「自以為的世界」一路往下讀。也因此看到結局時，了解真相之後，便會感受到宛如世界崩壞的衝擊。道尾在乍看之下是冷硬派作品的第五部長篇作品《獨眼猴》便正面挑戰了正統的敘述性詭計。這部作品的形式雖然是聽力、視力比常人發達的超人們所演出的偵探劇，讀者在腦中自行構築的世界，卻在結尾被作者換上了另一種鮮豔色彩，掩卷時勢必會對真相目瞪口呆。敘述性詭計在《獨眼猴》中和作品主題緊密結合，讓讀者不得不承認自己的確會對「異於常人」露出歧視的眼光。

另一方面，目前被視為「認知科學推理小說」的作品群，指的是登場人物腦中有某種「錯誤」，而以這號人物（不可信任的敘述者）所看到扭曲「世界」為背景的推理小說。會出現這類作品，起因於所謂的現實和幻想是否真為對立的兩端？人類所產生最大公約數的幻想是不是就是所謂的現實？也就是說，對於人類而言，腦中的情況，恐怕是最貼近自身又永遠無法解明的神祕領域。我們永遠無法知道別人究竟在想什麼，對方到底怎麼「解釋」這個世界，這不正是一種日常中的冒險嗎？舉個比較俗氣的例子，當你暗戀A時，以及你向A告白後被拒絕，這兩種狀況使你對這個世界的看法大為改觀；你無論如何都不肯接受被A拒絕的事實，所以編織出「屬於自己」的故事——其實對方得了不治之症，就算喜歡自己，也不肯接受自己的感情；或者A是外星人，不被允許和地球人談戀愛。當事者並不認為「故事」來自於扭曲的看法，因而建立起一套堅強的世界觀。在他人看來，會覺得此人在日常生活中想必非常孤立。

然而，敘述性詭計作品和之後從該類作品所衍生的認知科學推理小說，兩者並非對立。讓讀者產生扭曲想法的作品是敘述性詭計作品，而登場人物想法扭曲的作品則稱為認知科學推理小說，這種說法其實只是為了方便區分。雖然作者在《向日葵不開的夏天》和《影子》明顯地展現了對於認知科學的興趣，不過當然不是只有人類才會思考。寵物中最受歡迎的狗，腦中應該也都有各自獨特的「世界」。第六部長篇作品的《所羅門之犬》，一方面讓探索動物情報處理能力的動物生態學家擔任偵探，一方面也是一部清新的青春推理傑作。

二〇〇八年三月的長篇作品《鼠男》，毫無疑問會成為道尾的代表作之一。在作品的構造上，重疊了和男主角姬川亮有關的過去、現在兩起「殺人案」，兩個案子都有多次翻轉。在這部作品中，道尾將事件前後的「脈絡」隨著情報的取得而改變結果的心理現象，以及有時看來像老鼠、有時像人類的《鼠男》畫作搭配得天衣無縫。也可以說，《鼠男》與認知科學推理小說以及歷來的敘述性詭計作品不同，不如說是以阿嘉莎・克莉斯蒂式「double meaning」（同樣的文章擁有多重意義）的手法，創作出來的優秀現代解謎小說。

對於備受期待的新進作家，實在無法在此時寫出有實際結論的作家論。不過，如果要說明道尾作品的特徵，應該是他對於「人類如何看待自己外側的世界」這個命題有強烈的興趣。也就是說，每個閱讀道尾作品的讀者自身所擁有的世界，與道尾作品中的世界產生碰撞，「謎團」便由此而生。所以，道尾才會經常以十歲左右的少年為主角，因為這個年紀即將進入青春期，開始意識到自己和家族以外的「社會」。如何理解現實世界，是會隨著人類成長而改變的。並不是相信聖誕老人實際存在的孩童「世界」很幼稚，而送給情人高價禮物的大人世界便是現實。不如說是慣於說謊的大人，不知不覺在「應該不是這樣」、充滿不安要素的世界中生存下來，不斷接受對於自己腦中「故事／世界」強度的批判，以及自我內心是否誠實的測試。在閱讀當代最出色的說故事高手所編織的謎團時，希望這世界上僅有的「你的世界」，能夠朝著更美好的方向改變。

作品列表

〔長篇小說〕（★為偵探「真備庄介」系列作）

★一、《背之眼》（二〇〇五年一月）第五屆（二〇〇四年）恐怖懸疑小說大獎特別獎

主人翁真備庄介執著於靈異現象研究，他不斷收到人類背上出現一對眼睛的恐怖照片。而且這些背上出現眼睛的人在拍下這樣的照片之後，全都自殺了。福島縣的山中小村是這些不祥「背之眼」照片的拍攝地，那裡接二連三發生兒童失蹤事件。前往現場的真備偵探是否能找出靈異照片和兒童相繼失蹤事件的真相？

二、《向日葵不開的夏天》（新潮社・二〇〇五年十一月）第六屆（二〇〇六年）本格推理大獎小說部門入圍作

「我」在送暑假作業到S家裡時，發現了他的上吊屍體。但是，接獲通報的警察到現場時，卻發現他的屍體不見了。更讓「我」驚訝的是，已死的S竟然轉世成一隻蜘蛛，並向「我」表示他是被級任導師殺死的。九歲的「我」和年幼的妹妹，以及轉世成蜘蛛的S所演出的奇妙偵探劇就此揭幕。

★三、**《骸之爪》（二〇〇六年三月）**

恐怖小說家道尾為了取材，前往某間佛像工房。深夜目擊了全身被白霧包圍的明王像，驚訝的他立刻拍下照片。隔天，明王像並沒有任何異狀，不過照片一洗出來，卻發現明王從頭部流出了鮮紅血液。探索靈異現象的不速之客真備庄介偵探，來到了不斷發生佛像雕刻師失蹤事件的工房，追尋真相。

四、**《影子》（東京創元社．二〇〇六年九月）第七屆（二〇〇七年）本格推理大獎小說部門得獎作**

我茂凰介的母親留下了「人死之後什麼都沒有了，就是這樣。」的遺言，便因癌症去世了。凰介在大學醫院工作的父親洋一郎，曾為妄想症的精神問題所困擾，在妻子死亡前後，狀況更加嚴重。一方面，凰介的青梅竹馬水城亞紀一家也發生了不幸的事情。亞紀的母親惠，跳樓自殺了。而惠的丈夫懷疑妻子外遇，深陷亞紀並非親骨肉的妄想中……

五、**《獨眼猴》（二〇〇七年二月）**

有一天，某家樂器製作公司委託「我」經營的偵探社，找出敵對公司盜用設計的證據。「我」的生財工具是「我」的耳朵，因為「我」有異於常人的特異功能，所以總是帶著大型耳機。為了確認敵對公司的動靜，深夜，「我」爬上隔壁大樓屋頂，卻意外偷聽到公司內發生的殺人事件……

六、**《所羅門之犬》（二〇〇七年八月）**

四名大學生聚集在咖啡廳角落，外面下著傾盆大雨，他們正在討論前幾天發生的、令人心情沉重的某起「意外」。這次聚會為了確認「他們當中是否有殺人犯」，在四人眼前發生了副教授的十歲兒子被車子撞死的意外。原因是少年飼養的狗，突然衝向站在馬路對面的他們，才釀成了這起悲劇。究竟是他們其中的哪一個，讓狗採取了攻擊性行動？

七、《鼠男》（二〇〇八年一月）

主人翁姬川亮有著一段不堪回首的過去。父親罹患腦癌在家療養之際，小學三年級的姊姊竟在自家庭院死亡。警方研判姊姊是不小心從二樓摔死的。然而在姊姊死後不久，父親也過世了。父親臨終前，在病床上告訴年幼的姬川猶如詛咒般的話語：「我做了正確的事。」過了二十三年，姬川的女友似乎懷了別人的骨肉，姬川打算和父親一樣，做出「正確的事」……

八、《烏鴉的拇指》（講談社·二〇〇八年七月）第一四〇屆（二〇〇八年度下半期）直木獎入圍作／第六十二屆（二〇〇九年）日本推理作家協會獎長篇及短篇連作集部門得獎作

詐欺師竹先生過去曾被一名男子樋口所率領的高利貸業者強迫參與討債行動，但是因為某個契機，竹將樋口一幫人出賣給警方。七年之後，刑期服滿出獄的樋口再次將魔掌伸向了竹。察覺到危險的竹，為了躲避樋口而四處搬家，在逃命的過程中認識了一群新的伙伴。他們決定向樋口一幫人設下驚天動地的大騙局……

九、《鬼的足音》（角川書店．二〇〇九年一月）短篇集
十、《龍神之雨》（新潮社．二〇〇九年五月）
★十一、《花與流星》（幻冬舍．二〇〇九年八月）
十二、《球體之蛇》（角川書店．二〇〇九年十一月）
十三、《光媒之花》（集英社．二〇一〇年三月）
十四、《月亮與螃蟹》（文藝春秋．二〇一〇年九月）

〈短篇小說〉

道尾曾經在二〇〇五年四月號的《小說新潮》月刊發表過真備系列的短篇〈流星的製作方法〉，本作曾入圍第五十九屆（二〇〇六年）日本推理作家協會獎短篇部門。二〇〇九年一月出版首部短篇集《鬼的足音》，未收錄上述短篇。

作者簡介／佳多山大地

一九七二年出生於大阪，畢業於學習院大學文學部。文藝評論家，花園大學文學部兼任講師。一九九四年以〈明智小五郎的黃昏〉入圍第一屆創元推理評論獎佳作，開始在各媒體發表推理小說評論。第五十一屆日本推理作家協會獎「評論及其他部門」得獎作《本格推理小說的現在》執筆者之一。著作有《推理小說評論革命》（鷹城宏合著）等，並在競作短篇集發表首部短篇小說〈河邊有屍體的風景〉。

「由於颱風的影響，關東地區雨勢逐漸增強，氣象局針對神奈川縣北部及東京都西部發布大雨特報，埼玉縣西部則發布大雨及洪水特報。川越市東部，入間川與荒川匯流的地區……」

九月十三日　星期一　下午三點的廣播新聞

「今天我會比哥晚回家。」

添木田蓮坐在廚房的餐桌前看氣象預報時，在玄關的妹妹楓回頭對他說。就讀國中的楓以手肘夾住書包，空出雙手整理制服領子，一邊靈巧地穿上鞋。

「有什麼事嗎？」

「我去同學……」

楓剛要回答，隨即打消念頭閉上嘴巴，視線移向廚房旁的某扇門。是不想讓那個男人聽到他們的對話嗎？

蓮起身走近，她才小聲地繼續說：

「我去同學家溫習考試內容，大概會待到九點半或十點。」

「這麼晚。晚餐怎麼辦？」

「你就隨便買些東西填肚子。」

「我沒關係，妳呢？」

「在同學家吃，光複習功課不會留到那麼晚。」

玄關外傳來雨聲，雨勢似乎頗大。

「還是不要吧，愈接近深夜風雨愈強。」

「颱風不是不會直撲這一帶？」

「不過，冒著風雨走回來也很危險。」

「果真如此，再請伯父開車載我一程，同學也贊成。」

「這樣好嗎？」

「沒辦法，她幾乎天天都得補習，只剩今天有空。」

蓮思索著如何回應，楓已從傘架裡抽出一把傘，並打開玄關的門，雨聲驟然變大。剛要步出門外，楓突然轉身。

「哥，」她凝視蓮數秒，「別再有不想活下去的念頭。」

「呃……我嗎？開玩笑，我從沒想過那種事。」

說的也是，楓隨即附和。

「我出門了。」

楓碎步離開公寓外廊，張開的傘遮住她的短髮。細雨紛飛中，橘色的傘消失在斜坡下方。

妹妹眼中的我這麼脆弱嗎？蓮十分意外。即使再不走運，日子過得再痛苦，他也不曾考慮自殺。一冒出這種念頭就輸了，向自己的人生認輸未免太可笑。

他回到餐桌前，繼續盯著電視。七點五十分，離上班時間還有兩小時。電視新聞持續播報氣象，目前颱風位於靜岡縣上空，將以稍微偏東的方向北上，如楓所預料，應該不會直撲埼玉縣，所以就算她晚歸，也不需要太擔心吧。

然而，蓮阻止楓不單是天氣差的關係。實際上，他非常害怕。因為妹妹比他晚歸，代表實行那個計畫的機會來臨。

他閉上眼睛，雙肘撐著桌面。眼底浮現妹妹拚命擦拭校裙汙漬的背影。

「那件裙子……」

兩個月前，楓向他坦白。

「其實是在家裡弄髒的。」

他想殺了那男人。

可是不行，不能那麼做，他不能成為罪犯。假如事跡敗露，他就會變成殺人犯。為罪行負責是理所當然的，但楓該怎麼辦？父親離家出走、母親去世，要是唯一的血親哥哥背上殺人罪名呢？

十九歲少年殺害繼父。依蓮的年紀，他的名字應該不會公布在電視或報紙上，然而，網路或週刊可不一定。從今往後，楓將肩負社會強加的沉重枷鎖活下去，日子會過得比現下更辛苦。

何況說到底，那種方法根本不可能成功，那種方法哪可能真的殺死人，不可能成功讓那傢伙斃命。

是啊，不可能殺得死。

不可能殺得死。

…………。

……。

蓮抬起頭，緊抿雙唇凝視著昏暗廚房的牆壁。他想殺了那傢伙，想殺了那個男人。

那麼，試試又何妨？

反正一定不會成功。要是真的成功，豈不賺到？他這麼想。

十分鐘後，蓮站起身，彷彿有人操縱他的手腳，感覺相當奇妙。他走回自己的房間，緊緊關上拉門。楓叮嚀過他，雨天濕氣會籠罩在房裡，外出時最好不要帶上門。

蓮靠近廚房旁那男人的寢室，悄悄握住門把，輕輕轉動，打開一道縫隙。接著，他走向水槽，按下設在牆上的小型熱水器按鈕，水龍頭流出熱水。為避免發出聲響，蓮將水龍頭轉向旁邊，讓水沿槽側面流下。然後，隨手自櫥櫃裡拿出咖啡杯，放在流理臺上。

非常不保險的方法。做為殺人的手段，成功率未免太低。然而，正因如此，他成為殺人犯的機率也很低。

接下來，只能聽天由命。

這麼放著不管，熱水器可能會燃燒不完全。

一氧化碳可能會充斥屋內，讓在房裡睡覺的那男人喪命。

倘使那男人提早起床，發現情況不對勁也沒關係，蓮只要假裝喝完即溶咖啡，洗杯子後不小心忘記關水就行。那男人或許會察覺蓮的殺意，但堅持不承認，他也拿蓮沒辦法，搞不好會心生恐懼，主動離開這個家。若那男人能從蓮和楓面前消失，就能改善現狀。

時間一到就關上廚房的門外出吧。

總之，接下來就聽天由命了。

＊＊＊

最早瞧見那道身影時，溝田圭介並不驚訝。

啊，真的存在，哥哥說的沒錯。他只有這樣的感覺。

然而，五秒後，他胸口倏地發冷，吸進的空氣無法吐出，全身知覺漸漸遠離。視野裡灑滿無數雨滴的天空彷彿從四面八方湧進白色水彩，周圍景色漸漸消失，除盤旋正中央的巨大軀體，什麼都看不清。

窗外，遙遠的彼方。不，或許並不遠。由於不曉得那東西究竟多大，所以無法估計距離。

圭介拚命忍住湧至喉頭的驚呼，輕觸冰冷的玻璃窗。風雨交加，公寓二樓外的天空一片混濁，明明剛過中午，卻如同黃昏般暗沉。

——龍。

是龍。鱗片覆蓋混合黑與灰的身體，表情如凶惡的麒麟，雙眼發出惡鬼般的黃光——

牠的頭緩緩移動，似乎隨時會轉向這邊。長長的軀體彷彿車廂綿延不絕的電車在轉彎，由右至左盤旋，有著利爪的前腳若隱若現。不，那是後腳。身影慢慢變細，最後拖著像鱷魚的尾巴逐漸遠離。現下，龍筆直往後伸展身軀，望向此處的眼神發出無聲控訴，充滿怒氣。來了，就要過來。

——龍來襲！

圭介差點尖叫出聲，驀地，一陣強風颳過，陽臺盆栽裡乾枯牽牛花的褐色葉子直往前飛。此時，龍彷彿接到暗號，頭微微右傾，全身朝順時鐘方向轉動，然後從左斜前方遠去，不斷遠去。

終於不見蹤影。

恍若指尖在胸口敲打，心臟撲通撲通地跳。

世上根本沒有龍。小學五年級的他，不再是相信想像中的動物實際存在的小孩。是他眼花，不，比起眼花……該怎麼說……對，錯覺，剛才那是錯覺。

一定是哥哥不好。

全怪昨晚辰也說了那種話：

「不論雨還是風，都是龍引起的。」

房間熄燈後，就讀國中二年級的哥哥從上鋪出聲。根據氣象預報，由於颱風的影響，關東地區從凌晨起將降下大雨，埼玉縣本地也會狂風暴雨。不曉得還能去學校嗎？雨傘會不會被吹走？工友的假髮終於瞞不住……圭介低喃著這些不怎麼有意義的事情時，突然對颱風的形成感到好奇，便隨口問辰也。

辰也的答案就是龍。

「龍都擁有能實現一切願望的龍珠。龍就是利用那顆珠子呼風喚雨，招來暴風雨或雷電。」

哥哥對日本傳說及民間故事相當有研究。他常看那一類的書，真的只要有時間就盤坐在地，靠著房間的牆壁，沉醉在書中世界。他書架上擺滿艱深的書籍，不過大部分不是出錢買的，而是從書店偷的。

「龍嗎？」

圭介聽出興味，由毛巾被裡坐起上半身。

「不過目的是什麼？」

雨和風是自然現象，這點基本常識圭介當然懂，他只是想聽辰也解說。圭介很喜歡這種時候哥哥告訴他的故事。

「有各種情況，譬如某人惹怒龍，或者龍正與其他神明打鬥。」

「其他神明？龍也是神嗎？」

「在日本及中國是這麼認為的。龍是支配水的神明，所以也稱龍神。祂的形態是所有動物的雛型，角像鹿、頭像駱駝、眼睛像兔子、脖子像蛇、肚子像蛟，鱗片則像鯉魚。」

辰也順道補充蛟是傳說中的動物，與鱷魚十分相似。

圭介總覺得不必參考任何資料就能滔滔不絕的哥哥很厲害。為什麼他會對這種東西感興趣？應該不是遺傳，過世的雙親並無類似嗜好。

沉默片刻，圭介以為哥哥已睡著時，辰也忽然開口：

「媽媽也變成龍。」

那聲音異常清晰。最近哥哥似乎正值變聲期，話一出口總有些沙啞，講到一半也常像收不到訊號的廣播般突然中斷，此時卻非常清晰。或許是這樣，圭介覺得剛剛彷彿聽到重大的祕密，哥哥一直隱瞞的祕密。

「媽媽變成龍了。」

辰也重複一次。

「帶著對某人的怨恨死在水裡，就會變成龍。」

所以，母親才會變成龍。哥哥是想這麼說嗎？

兩年前，母親在千葉的海裡喪命。辰也不認為那是意外，是里江殺害母親。因為里江喜歡父親。因為母親死後，里江嫁給父親。

然而，辰也錯了。假如母親當時懷著對某人的怨恨死去，那絕不是里江。里江並未殺害母親。

殺害母親的，其實是圭介。

(!)

第一章

(一)因為雨，他們犯罪

「你在看什麼？」

辰也站在圭介背後問。他瞄一眼窗外，再度望向圭介。從去年起，哥哥突然抽高，臉也比以前長許多。就著光線，圭介發現哥哥上唇兩側的汗毛變濃了。

「龍……」

圭介原要回答那裡有條龍，轉念又改口。

「我想瞧瞧龍會不會出現？」

剛才那是錯覺，根本不可能有龍。

「今天這種天氣，搞不好會喔。」

辰也眺望灰色天空，微微抿起唇的側臉看不出是開玩笑還是真心。

帶著對某人的怨恨死在水裡，就會變成龍。

哥哥並非憑空杜撰，日本的傳說中似乎有相關的故事。昨天接續龍的話題，辰也告訴過圭介。

千葉縣有個名為手賀沼的沼澤。

從前，沼澤邊有座城堡，住著一位美麗的公主藤姬。藤姬的母親早逝，而一起生活的繼母對她十分冷淡，她每天都過得很哀傷。

後來，藤姬與對岸某城主的兒子陷入熱戀，常偷偷乘小船去見情人。得知此事的繼母大怒，她非常討厭藤姬，一想到藤姬將與城主的兒子結婚，更加深內心的憎恨。

某晚，藤姬如往常一樣乘上小船。她緩緩划到沼澤中央，突然發現裙角濡濕一片，原來小船破了個洞，水不斷湧進。她無法划到對岸，也無法回頭。

終於，藤姬隨船沉入沼澤。

心懷憾恨與哀怨的藤姬化身為龍，在沼澤裡翻天覆地，時常引起水災。畏懼的村民求助僧侶，於是僧侶決定挺身而出。

隔天起，僧侶在沼澤旁，一心一意連續祈禱好幾天，直到體力不支，喪失意識。夢裡，一名白髮蒼蒼的老人，遞給他一條藤蔓。

清醒後，僧侶果真握著相同的藤蔓。他以藤蔓為筆，抄寫完經文，一起丟進沼澤。不久，一條巨龍自沼澤躍向空中，筆直飛升雲端。

從此不曾返回。

村子恢復昔日的平靜。僧侶投入沼澤的藤蔓流到岸邊，在寺廟境內落地生根，開出美麗的花朵。

剛才的龍……是母親嗎？

圭介再度望向天空。

那是帶著對他的怨恨死去的母親嗎？

「哥，龍有多大？」

他試探地問。

「不清楚，每本書都只寫著『龐大』、『身軀極長』，所以具體情況不明。不過，傳聞棲息江之島的龍足足有六十公尺。」

六十公尺真是不得了，五十公尺短跑後還要再跑十公尺。廢話。

「據說，龍棲宿於江之島一個深邃的洞穴，只要付錢就能參觀。總有一天，我一定要去看看。」

「現下龍還住在那裡嗎？」

「沒有吧，觀光客都平安地出來。不然，攜家帶眷的遊客應該都會被吃掉。」

圭介注意到哥哥話尾摻雜著強烈的感情。他悄悄抬頭覷向辰也，發現辰也凝視虛空，目光混濁，眼球表面彷彿蒙上一層薄膜。每次電視播放幸福家庭的畫面時，哥哥便會露出這樣的神情。

辰也討厭「家人」，不論是詞彙本身，或是衍生出的情景。不過，那種情緒與窮人討厭富豪不同。哥哥不相信「家人」，他深知家人隨時可能消失。

「家人是炸彈。」

忘記是什麼時候，哥哥在熄燈後的兒童房裡如此說過。家人是定時炸彈，每顆限時不同，但必然會爆炸，且內容物不是火藥。

「裡面裝的是像瓦斯毒氣之類安靜的東西。」

說什麼里江殺害母親，辰也一定是害怕在身旁放炸彈吧，圭介有時會這麼想。辰也故意討厭里江，不願讓她成為真正的家人，不願再嘗到父親及母親過世時，自己也跟著死去的感覺。

辰也不僅單方面討厭里江，還希望里江討厭他。他不回應里江，不與里江交談，甚至把偷來的書及零食故意放在里能江看得到的地方。起初，里江不明白那些東西的用意，直到某次辰也刻意以里江能聽見的音量告訴圭介「我又得手了」。此後，每次發現新書或零食，里江便會輕聲質問辰也，可是辰也總沉默以對。

由於颱風逼近，小學與國中今天下午都停課。根據早上的氣象預報，原本推測颱風將橫斷本州，卻突然轉而襲向關東地區。

一點過後，圭介渾身濕答答地從學校回家時，辰也已在客廳看氣象預報。見哥哥的校褲及襯衫都丟在更衣間的洗衣籃，圭介便將濕透的制服堆在上面，換好乾淨的T恤與五分褲。

窗外，雨珠一致斜飛，陽臺上乾枯的牽牛花又被吹落一片葉子。圭介抬頭凝視昏暗的天空，先前龍現身之處。

「假如這附近出現龍，會不會是媽媽？」

辰也果然回答：

「媽媽帶著對那個人的怨恨歸西，一定會變成龍。」

「哥哥為什麼這樣想？」

圭介不曉得問過多少遍，這次也得到相同的答案：

「那個人謀殺媽媽。喜歡爸爸的她，使計害死媽媽，然後嫁給爸爸。」

「你這麼說……對里江阿姨不公平。」

辰也回頭看圭介一眼，目光隨即轉向窗外。

圭介與辰也的母親深雪，病逝於兩年前的夏日。一切發生在深雪、圭介、辰也，與父親康文到千葉海邊那天。

心跳停止的母親被救上岸時，周圍的遊客已幫忙叫來救護車。雖然途中母親一度恢復心跳，終究還是陷入昏迷。不久，母親眼皮跳動，以為她就要清醒，急救人員卻一陣慌亂，拿著與醫院聯繫的無線電，講話速度快到聽不清楚。

「媽媽會死嗎？」

母親被放上擔架，送進醫院。

兄弟倆與父親坐在醫院大廳的長椅上等報告。之後，醫生喚走父親，父親許久不見人影。約莫經過一小時，父親紅著眼眶出現在大廳，告訴圭介他們母親的死訊。圭介茫然凝望父親，辰也則低頭瞪視地上的磁磚。

帶患有心臟病的母親到海邊的父親，受到母方親戚們的責難。

母親的病灶出在心臟瓣膜。半年前，母親接受過治療手術，取出原本的瓣膜，換上牛的瓣膜。儘管是有點讓人無法置信的手術，但過程十分順利，母親很快就出院回家。母親比住院前消瘦許多，膚色也更蒼白，然而，只要不光著身子，實在看不出開過胸。除卻每天得吃三次藥，母親十分有精神。剛聽說母親的胸口放進牛身體的一部分時，圭介和辰也都非常驚訝。待父親解釋那是一般手術後，兩人雖能理解，仍覺得毛骨悚然。為逗笑他們，母親還學幾聲牛叫，反倒加深了恐懼感。

手術後，母親逐漸康復，醫生也表示可適當運動。千葉海邊行前，父親曾和母親一起諮詢醫生，圭介與辰也都曉得此事。母親病逝後，父親對母親的親戚說明過，但並未取得諒解。不論在說明時或說明後，他們投向父親的目光始終如針束，冰冷又銳利。

「為什麼大家講得好像是爸爸的錯？」

「確實是我的錯。」

圭介後來偷偷問父親，父親嘆息著回答。

「我不該帶她去海邊。」

然而，提議前往海邊的其實是母親。母親不會游泳卻很喜歡海，尚未發現罹患心臟病前，每年全家都會到海邊玩，不過，下水的一向只有父親、圭介與辰也，母親總坐在陽傘下拿著攝影機拍攝，或喝保溫瓶裡的麥茶。偶爾她也會下水，但不是抓著救生圈，就是待在從船屋借來的橡皮艇上。即使如此，母親仍然非常喜歡海。長野縣(註)出身的她，從小便十分嚮往大海。

「因為放眼望去都是海哪。」

那是第四次的千葉海水浴之旅，對全家來說算是相當熟悉的地方。圭介自然而然把在船屋工作的里江視為暑假會見面的親戚，里江也記得兄弟倆，每年看見他們到船屋買炒麵或刨冰，都會喚著他們的名字打招呼。

「圭介與辰也長得都很像父親呢。」

「才怪。」

「圭介是眼睛，辰也則是嘴巴，簡直一模一樣。」

里江光看著圭介與辰也，沒對照他們的父親便直接點出。

里江比兩人的母親年輕許多，皮膚晒得黝黑。由於茶色長髮一向梳到後面，形狀柔和的額頭總曝露在太陽底下。她的下顎細長，鼻子像外國人一樣堅挺，每次見面圭介都覺得她很漂亮，辰也與圭介獨處時亦忍不住讚歎。只有兩人在場才這麼說，辰也一定是不想讓母親聽到吧。客觀來講，母親也是美女，但偶爾見一次跟天天見面的感覺還是不盡相同。

實在沒料到，里江居然會成為他們的母親。

里江曾在父親上班的設計公司當總務小姐，離職後便回老家幫忙。她老家的生意就是千葉海濱的船屋，圭介兩年前聽父親提過。

「所以爸爸跟里江阿姨很好嘍。」

聽圭介這麼說，父親笑得不太自然。

「別亂講話。」

父親移開視線，望向正在替圭介調整泳褲鬆緊繩的母親。長髮掩住母親的臉，看不清表情。

「出門了。」瞪著窗外的辰也突然開口。

「什麼？」

颱風就快來襲，怎會起這種念頭？

「你只要跟著我，照我說的做就好。」

走嘍，辰也搭著穿T恤的圭介肩膀步向玄關。搞不清楚狀況的圭介忍不住發問，但辰也並未理會。他從傘架抽出兩把傘，遞給圭介一把後推開門，雨聲驟然變大。外廊彼端白霧瀰漫，挾帶雨滴的風直撲而來。

註：長野縣位於日本的中部地區，四面不臨海，屬內陸縣。

辰也迅速步下外部樓梯，在公寓前的空地等待圭介。大顆雨珠打在傘上，橫衝直撞的風掀起衣角。

「哥，我們要上哪去？」

圭介以不輸給雨聲的音量提問，卻得不到回應。辰也上半身微微前傾，在雨中拐了幾次彎。

「哥，究竟怎麼回事？」

要去哪裡？要做什麼？穿過冷清的商店街，抵達一條稍大的馬路時，對向駛來一輛灰轎車，濺起大量的水。汙濁的水從兩人面前橫切而過，撞上民房的牆壁，流淌成河。

「剛剛潑到你們了嗎？」

轎車緊急停在路邊，一名肥胖的中年男子搖下車窗探出頭。圓臉加上圓眼睛，鼻頭有顆大痣，這張面孔似乎看過幾次，但他是誰？

「抱歉，我有急事，你們還好嗎？」

見兩人點頭表示不要緊，男子雙手合十說：

「sorry。」

轎車開走後，辰也重新邁開腳步，圭介不情願地跟在後頭。再度轉彎後，透過雨幕看到一塊長方形的招牌，白底紅字寫著「紅舌酒坊」。那是專賣酒的商店，母親還在世時差圭介來跑過幾次腿，他也在這裡買過零食。

「哥，你想買東西嗎？」

無法壓抑焦躁的情緒，圭介不禁脫口問道。然而，辰也並未停下腳步，僅僅回答：

「偷。」

即使夾雜著雨聲，辰也的話聲依舊清晰。

「隨便什麼都好，今天你也要偷。」

「我才……」

剛想抗議說「不要」，辰也卻突然駐足，第一次回頭看著他。黑傘下，哥哥銳利的目光發出無言的控訴，像極那條龍的眼睛。

（二）因為雨，他殺了家人

不可能成功，不可能那麼順利。

店門外大雨傾盆，路面水花飛濺，大卡車自單側一線道的馬路疾馳而過。蓮靠著櫃檯，無意識地凝視相同的風景。只要下點小雨，「紅舌酒坊」的顧客就會銳減，更別提這樣的天氣，根本沒辦法做生意。

「天色好黑，看起來像是傍晚了。」

店長半澤無精打采地走近，摸著鼻頭的大痣，瞄向牆上的時鐘。據說那是他帶家人到菲律賓旅行時在路邊買的，鐘面上，黑猩猩伸展著長短不一的雙手。現下較短的那隻手，指在「2」與「3」之間。

「這樣不就跟休息沒差了嘛。阿蓮，會不會覺得無聊？」

今年四十五歲的半澤和親友一樣，稱呼十九歲的他為「阿蓮」。蓮已在「紅舌酒坊」工作半年，半澤頭一天便如此喚他。初次見面的半澤不太可能看出蓮討厭自己的姓氏，不過——總之往返自家與這間店的時候不會被叫「添木田」，這點讓蓮心存感激。

「嗯，超無聊的。」

嘴上雖這麼回答，卻不是實話。

蓮腦海中不斷重播今天早上自己的一舉一動。不保險的殺人手法，不可能成功，不可能順利進行。那男人還活著，並未死去。

「來玩接龍吧？」

「接龍嗎？」

「由我開始。那麼，蜜柑（mikan）。」

半澤的語氣不像在開玩笑，但眼鏡下細長瞳眸倏地睜大：

「……我輸了（註）。」

「遊戲瞬間結束。」

對話一中斷，雨聲便再度響起。

蓮離開櫃檯，走近玻璃門。只見外面風雨愈來愈強，他望向灰濛濛的天空，不禁倒抽口氣，那是什麼？

「阿蓮，換玩別的字才NG的接龍遊戲吧？這是我老婆之前想到的點子，比如不能講『た（ta）』結尾的詞。」

一陣強風吹過，眼前的玻璃晃動，雨滴一致飛舞。

「咦，有啥不對勁嗎？」

「啊……」

飛走了，扭動著巨大身軀消失在厚厚一層雨簾彼端。

「什麼都沒看見呀。」

半澤推推圓眼鏡，探出頭張望。

數秒後，蓮才點頭應道：

「唔。」

嗯，沒有東西，純粹是他眼花。

剛剛天空似乎有條龍，我終於精神錯亂了嗎？蓮皺起眉頭，悄聲嘆息。

蓮以原子筆在出勤卡寫上「9:55」時，雨勢已漸漸增強。現下，彷若銼刀敲擊，激烈

註：日本的接龍只要最後一個字出現「ん（n）」就表示輸了。

的雨聲不斷自屋頂傳來。中午過後，半澤便將廣播從有線放送電臺轉到一般電臺，根據氣象報告，颱風行進的路徑偏離預測，正直撲關東地區。

「進入九月半，我才慶幸今年都沒颱風登陸，就遇上這一個。沒顧客上門，送貨員還把地板踩得亂七八糟……啊……呼……」

半澤邊碎念邊打哈欠。

「唔……弄得髒兮兮。」

半澤一雙粗壯的手環抱在圍裙前，挑眉盯著地板。

「阿蓮，抱歉，能不能幫忙把地拖一拖？」

「噢，好。」

蓮離開大門口，穿過商品櫃之間前往辦公室。從置物鐵櫃拿出拖把時，他瞄到一旁半澤的辦公桌上，擺著舊型電腦、隨意疊放的發票、九連環、已開封的水果味口香糖，及翻開的大學用筆記本。筆記本頁面左側標著一排日期，以線分隔，右側仔仔細細寫下當天的進貨與銷售量，封面可見半澤特意題上「帳簿」的圓潤字跡。此外，近旁還有個木製相框。

每次看到這個相框，蓮總是滿心疑惑，半澤怎會生出這麼可愛的女兒？烏黑亮麗的長髮披肩、白皙柔嫩的頸項，她睞著大大的眼睛自辦公桌上笑望著蓮。

「看傻啦？」

半澤不知何時站在蓮身後，帶著笑臉由及肩處近距離逼視蓮，表情相當猥褻。

「別突然從後面靠近我啊。」

「你剛剛看傻了吧？」

「呃……是有一點。」

打今天早上起，蓮就小心翼翼讓自己看來和往常一樣。萬一那男人真的喪命，半澤留下他態度有異的印象可不妙。

「翔子實在是個大美女。」

蓮裝出微笑，再度望向照片。

「嗯，不是我自誇。不過小楓也十分可愛。」

為了見蓮，楓曾到「紅舌酒坊」買食物，所以半澤認識她。

「是嗎？」

「唔，我覺得她非常可愛，雖然還沒什麼女人的魅力。」

「畢竟楓才國三。」

「不，阿蓮，別小看女孩子。」

半澤搖搖頭，倏地換上嚴肅的神情，不知為何壓低音量道：

「往往某一天，她們便突然變得相當有女人味，小楓一定也是如此。我們家的翔子不久前還像個小孩，化妝都只用顏色很淡的唇膏。」

「真的嗎？」

蓮俯近照片。他不懂化妝，但或許翔子技術高明，散發出一種自然美。這就是自然化妝術嗎？

「翔子跟我同年嗎？」

「長你一歲吧，現在大二。她很膽小，剛上大學那陣子總是一臉不安，不過現下每天都活蹦亂跳，也喜歡念書，吃晚餐時總對我和我老婆……」

半澤驀地打住話題，如孩童般以豐腴的手掩嘴。

「抱歉。」

「嗄？」

一時之間，蓮不明白半澤為何要道歉，恍然大悟後才堆起笑容回應：

「沒關係，不必那麼在意我。」

半年前，蓮原已決定上東京都內的私立大學，若沒發生那件事，他早就是大學生。

「我本來就不是會去讀大學的人。」

那是真心話，蓮至今仍對憧憬大學的自己感到難以置信。

想升學的契機，源於高二那年冬天看到的景象。當時，蓮開著畢業學長的車奔馳在夜晚的街道上。他抽著菸，不經意眺望窗外，瞥見一名穿西裝的上班族邊走邊以手機通話，大衣的衣襟隨風擺動，內心頓時一陣騷然。酷斃了，他不禁想像起自己今後的模樣。不念書、老是蹺課，夜裡又無意義地四處遊晃，他不覺得等在前方的會是美好的將來。

蓮原本就是容易下定決心的人，隔天起，他開始拚命用功，不僅疏遠以前交往的壞朋友，也認真出席課堂。要趕上落後的進度十分辛苦，畫滿紅線的參考書、寫得密密麻麻的考古題、不斷詢問老師的建議，但這些努力最後都獲得回報。他居然經由一般考試考上中等程度的大學，連自己都驚訝。

不料，母親在入學前夕過世。他放棄上大學，來應徵「紅舌酒坊」的店員。在工作的空檔，他曾將這些事情一點一滴告訴半澤。

「你父親還是那樣嗎？」

半澤擔心地注視著蓮。蓮差點頷首，隨即搖頭說：

「那個人不是我爸爸。」

「啊……是沒錯。」

半澤曖昧地回答，嘆了口氣。

蓮的話隱含兩個意思。一是他與父親睦男沒血緣關係，另一則是睦男根本未盡到做父親的責任，今後似乎也毫無意願。

此刻，那個睦男還有呼吸嗎？

「我真的很想多給你一點薪水。」

「你給的已經很多。」

週休一天，月薪實拿日幣十五萬圓左右，對高中剛畢業的菜鳥而言，待遇並不差。更何況，工作地點離他住的公寓不遠，這樣的條件他從未感到不滿。

「但還是頗辛苦吧，不論是你或小楓。」

「我不是學生，所以無所謂。不過，妹妹明年就要上高中……」

砰！傳來店門震動的聲響，接著是一陣笛音般的風聲。半澤喃喃低語著過去察看，蓮也拿著拖把走出辦公室。只見強風推開店門，雨水打溼地板。

「哎呀……看來在顧客的影子出現前不鎖不行。」

半澤嘆著氣，轉過渾圓的身軀將門上鎖，蓮則拖著濕答答的地板。地板磁磚上，水與塵埃混在一起，汙漬隨拖把的揮動擴散。

「阿蓮，你該不會在打我家翔子的主意吧？」

半澤繞回先前的話題。

「我才不會打店長女兒的主意。」

「雖然是我女兒，但也是花樣少女吧？」

「想都沒想過，況且我根本沒見過她。」

「我不會讓你們見面，因為你長得滿帥的。」

半澤偏著頭，睨視著蓮。

「店長，你是不是該配副新眼鏡了？」

搞不好只要體脂肪比他少，在他眼中都是帥哥。半澤的口頭禪是「我不久後就會瘦下來，變成帥哥」。

「不過實在和你一點都不像。」

「翔子嗎？硬要說的話，她像我老婆。」

半澤嚴肅地低頭思索，還特別強調最後一句。

「那你太太一定很漂亮。」

「她是個大美人。」

半澤毫不猶豫地贊同。蓮沒看過半澤的太太，但若真的與翔子相像，肯定是美女。半澤怎會認識那樣的美女？蓮曾好奇地問，半澤的說法是「在路上突然被她叫住，我們意氣相投，很快陷入熱戀」。蓮問過兩次，半澤兩次都認真地給他一模一樣的答案。或許這世上真的有奇蹟，但也可能是半澤竄改了自身記憶。

「我再瘦一些，應該也滿帥的。」

「店長，你瘦不下來吧？」

「這倒是。」

半澤微笑著揉搓臉頰，一把捏住。鬆開後，下巴便如水球般搖搖晃晃。據說他從高中起體型就沒變過。

每次聽半澤談及家人，蓮總是很羡慕。毫不掩飾的自豪、幸福洋溢的笑容，蓮也想露出那樣的表情。

此時，電話鈴響，半澤連忙走回辦公室。他望向壁面的時鐘，猩猩的一隻手指著快到「3」的地方。

「來了……喂，你好，這裡是『紅舌酒坊』。是你啊，怎麼？」

見蓮望著他，半澤捂住話筒說「是『舞屋』打來的」。舞屋是半澤經營的居酒屋，蓮沒去過，聽說是在大宮車站附近。

「啊，抱歉。嗯？不行，現在走不開。」

半澤除了經營紅舌酒坊與舞屋外，還在大宮車站附近興建一棟出租公寓。他是資產家的獨子，家裡是老字號的紅蒟蒻鋪。以前他返鄉探親時，曾帶已成為滋賀縣特產的自家製品回來。紅蒟蒻名副其實是鮮紅的蒟蒻，蓮雖不討厭，但楓覺得噁心，一口都不吃。

「什麼？沒辦法……嗯，真的沒辦法。」

起初，半澤原要將店名取為「紅蒟蒻」，但聽著實在奇怪，於是他試著查英文字典，卻只找到「蒟蒻」翻成「devil's tongue =惡魔的舌頭」。那麼，「紅蒟蒻」就是「red devil's tongue」或「devil's red tongue」吧。不過，店名出現「devil」未免太詭異，最後便定名「red tongue」（紅舌）。

「好吧……稍等一會兒。」

語畢，半澤掛掉電話，步出辦公室。

「我得去一趟舞屋。原本我嫌麻煩，告訴他們無法抽身……」

「你現在要出門嗎？」

「首都高速公路發生車禍，供應商載滿鮮魚的貨車受到波及，所以出現無法出的菜。咦，這樣講有點古怪，出現無法出的菜。」

蓮沉默地催促他繼續。

「總之，他們希望在開店前和我商量怎麼對應。我大概傍晚會回來，有事電話聯絡。別打店裡，手機比較方便。」

半澤說著又走進辦公室，從抽屜取出車鑰匙。

這個夏天，見蓮已熟悉店務，半澤便常在營業中前往舞屋。有時是去處理突發狀況，有時純粹是去巡視。而他外出期間，店裡就只剩蓮，大概是非常信任蓮吧。這裡的工作並不困難，蓮能理解半澤放手交給他的理由。不過，難道半澤不擔心蓮趁機偷拿收銀機的錢或商品架上的酒嗎？

「外面在下雨，開車請小心。」

半澤轉開門鎖，從傘架抽出顧客忘記帶走的塑膠傘，踏入傾盆大雨中。他似乎回頭說了些什麼，但全遭雨聲掩蓋，蓮一個字也沒聽見。半澤小跑步繞過店面，不久，一輛ＢＭＷ從店後方駛出，朝蓮叭叭兩聲後，便往馬路疾馳而去。

風勢依然猛烈，蓮再度鎖上門。他蹲在原地，目送半澤的車子遠離。雨滴打在路面，風一吹過，白色水煙便模糊眼前的景象。

一看見雨，蓮就感到痛苦難捱。

那天要是沒下雨，日子就不會變成這樣。

蓮與楓的母親櫻在七個半月前喪命，那恰是立春前一天晚上。傍晚開始下的滂沱大雨入夜依舊沒變成雪，公寓外淒寒的雨聲始終不見停歇。

在廚房準備晚餐的母親發現冰箱裡缺少需要的長蔥，連忙外出前往超市。蓮不曉得母親想做哪道菜，之後開冰箱看到雞腿肉與蒟蒻，便猜是打算燉煮，楓卻認為是煎炒。兩種料理母親都做給他們吃過。

要是沒下雨，母親應該會騎腳踏車出門吧。但那天母親到公寓後面的停車場開車，畢竟要步行去超市實在太遠。蓮和楓坐在廚房的餐桌前看電視等待母親，然而，母親再也沒回家。她在漆黑的十字路口與大卡車側面衝撞，當場身亡。

根據對方駕駛的證言及勘驗現場的警察判斷，車禍發生的主因是母親沒注意到暫停的標誌。

當溫暖的母親永遠闔上雙眼的瞬間，蓮與楓在世上已沒有可稱為親人的對象。他們的生父在蓮小學五年級時外遇離家，從此音訊全無。後來出現在家裡的，是四個月前剛與母親再婚的添木田睦男。

為什麼母親會和那種男人再婚呢？

沒錯，母親去世前，他是個正常的男人，至少表面上如此。所以，當母親介紹睦男時，蓮與楓都沒反對他們結婚。他看起來十分老實，且身材魁梧，感覺很有擔當，但蓮現在由衷懊悔。

母親死後，睦男性格大變，不僅酒愈喝愈多，言語粗魯，還對蓮和楓拳腳相向。蓮自然拚命抵抗，因為他是男人。然而，他的抵抗只換來加倍的暴力。

過一陣子後，睦男不再使用暴力，反倒把自己關在房裡。早上不出房門，晚上也罕見人影。蓮以簡短的對話確認，沒想到他居然已辭職。一天約莫只有一次，甚至要隔個兩天，才會看到他帶著一身棉被蓋太久的臭氣現身，且大多是在深夜。每次看到睦男到廚房開冰箱找食物時，蓮總是瞪著他，彷彿撞見一隻龐大又骯髒的野狗。楓則趴在桌上，不讓那隻野狗出現在視線範圍內。

睦男的心情也不是無法理解。

與帶著兩個孩子的女性結婚，還沒跟他們熟稔起來，對方就突然身亡。不論再堅強，都會對如何自處感到困惑及混亂吧。尤其是睦男性格似乎有點軟弱，母親去世時，或許他們該多關心睦男一些。

只是，太遲了，把自己關在房裡的睦男，已不是能好好溝通的人。蓮多次想跟睦男討論往後的事情，比方他們該怎麼辦、睦男有何打算，然而睦男僅錯開眼神，微微蠕動嘴唇，便走進房間，關上門。

與母親衝撞的是私人營業的送貨卡車，並未保任意險，加以車禍的過失大部分在母親身上，因此收到的保險金少得根本無法和人命畫上等號。目前，雖然靠那些保險金、銀行少許的存款及蓮的收入勉強能過日子，但這樣的生活想必不長久。每個月從銀行帳戶裡自動扣繳的房租、水電費、其他生活雜費，還有楓的學費。大約估算一下，楓即將上高中，在她畢業之前銀行的存款就會見底，而他們並沒有可仰賴的親戚。

如同蓮剛剛告訴半澤的，他無所謂，畢竟已十九歲，不過妹妹怎麼辦？每次一談到以後，楓總笑著說「我國中畢業就好」，可是他怎能讓楓遭遇這種不合理的情形，且楓講的絕非真心話。蓮想著一定要向誰求助，一定要找誰商量。

是不是該去一趟社會局？倘若道出家裡的境況，他們會伸出援手嗎？那是當然的，日本很重視這方面，他雖不清楚實際狀況，但肯定沒錯。

那件事就發生在蓮這麼考慮的時候。

當天，蓮從「紅舌酒坊」下班回家後，看到楓蹲在廚房裡。她拿手帕不斷擦拭攤開在地板上的校裙，一旁的洗臉盆微冒白煙，裝的應該是熱水吧。楓邊沾濕手帕，邊清理裙子。

「妳在幹嘛？」

聽見哥哥的話聲，楓迅速回頭，短髮甩動，力道大到髮絲幾乎打上臉。她沒發現蓮進家門。

楓瞬間瞪大雙眼，但瘦削的面頰隨即牽起笑容。

「裙子髒了。」

「打翻東西嗎？」

楓輕輕搖頭，敷衍地別開視線。

「放學後我和朋友一起逛街，下回程電車時發現弄髒的。」

楓搭電車去購物，真罕見。不過，她裙子怎會弄髒？是小孩拿口香糖惡作劇嗎？蓮的視線越過楓的肩膀，想瞧個究竟。然而，楓轉過身，以手帕壓住裙子，不著痕跡地遮掩髒汙之處。蓮凝神注視，終於在楓手移動的間隙，窺見藍裙上殘留有白色液體。

「電車很擠嗎？」

「嗯，人超多。」

楓並未回頭。從她的神態，似乎明白自己在擦拭什麼。

「是嘛。」

真有如此瘋狂的痴漢啊。該這麼與她說笑，還是安慰她遇到這種災難？蓮不知道。到最後，他實在不曉得作何反應，只能帶著震驚回到自己的房間。所謂自己的房間，其實是以高高的書架及布簾，將六張榻榻米大的和室隔成兩個空間，供他與楓共用。

蓮憶起高中同學吉岡的女友有過類似的遭遇。同學年但不同班級的她，身材嬌小，個性頗男孩子氣。某天放學後，她搭上擁擠的電車，下到月臺卻發現裙子被弄髒。應該不會是同一個傢伙幹的好事，只是，這究竟有啥樂趣？蓮無法理解那種人的心態。不過，比起受刀刃傷害，至少身體毫髮無損。

聽到楓的告白前，蓮的感想僅止於此。

「哥，你冷靜聽我說。」

數天後的夜裡，楓對蓮坦白實情。

「那件校裙……」

在廚房洗完要加在味噌湯裡的豆芽菜後，楓終於下定決心。

「其實是在家裡弄髒的。」

一時之間，蓮不懂楓在說什麼，然而他馬上明瞭這番話的嚴重性。

「我打算洗衣服，早上出門前便把校裙放進洗衣籃。放學回來後，我想去銀行一趟，卻遍尋不著腳踏車鑰匙……」

楓猜測或許放在昨天穿的校裙口袋內，於是翻找洗衣籃，果然沒錯。

「接著，我很快發現那個奇怪的汙漬。」

她恨不得立刻清洗，又顧慮洗兩次衣服很浪費水。

「但我也不願和其他衣物混在一起……便想先清潔一下。」

所以，楓才親手擦拭那髒汙。

「為什麼……不告訴我？」

由於憤怒及突然遭受打擊，蓮甚至無法好好講話。

「我怕你一怒之下會把事情鬧大。」

楓還告訴蓮，睦男似乎曾闖入她房間幾次，衣櫃有翻動過的痕跡。

「怎麼辦？」

楓將盛著豆芽菜的篩網放到流理臺，雙手覆蓋其上，喃喃低問，而後就不發一語。

那一刻，蓮頭一次想置睦男於死地。遭暴力相向的日子，蓮心中只有懊悔，但楓的告白瞬間點燃蓮對睦男的殺意，且久久不散。

殺了那傢伙，讓他從這個家，從這個世界消失。

今天早上，楓勸蓮「別再有不想活下去的念頭」，但蓮根本沒考慮過那種事。

對於這樣的生活，他的確曾感到不耐。然而，那和「不想活下去」是完全不同的感情，毋寧說正好相反。他不願認輸，也不願逃避。

此後，蓮不停思索怎麼除掉睦男，是否有天衣無縫的行凶手法。不僅獨處時，連在「紅舌酒坊」上班時，腦海一隅也不斷計畫著。結束工作後，他還會到快打烊的書店，翻閱《殺人資料・檔案》或《謀畫犯罪——人究竟如何殺人》之類偏門的書籍。

「不是真心想動手。」

一週前的星期日，蓮終於找到辦法。當晚，他窩在臥室聽廣播。由於不想遇到走出房門的睦男，深夜他都盡量避免待在放有電視的廚房。播報完颱風動向，收音機傳來東京都內的一則不幸新聞。

「……的時候小型熱水器燃燒不完全，導致七十二歲的○○與妻子○○一氧化碳中毒身亡。因浴室的熱水器故障，先生從廚房用的小型熱水器接一條管子到浴缸……」

一對老夫婦想藉小型熱水器加溫，卻發生一氧化碳中毒的意外。長時間連續使用導致熱水器燃燒不完全，雖然最近的機型都有安全裝置，但老夫婦住的公寓仍是舊型熱水器。

而蓮住的公寓，也是舊型熱水器。

聽著主播的話聲，蓮直盯著收音機的電源燈，直到新聞結束好一陣子，依然保持相同的姿勢。

「不是真心想動手。」

隔天是「紅舌酒坊」的公休日，蓮搭巴士到大宮車站，在百貨公司的廚具賣場買了計畫第二階段需要的煤炭及小型炭爐，放進隨身的提包帶回家。

那是昨天的事情。

蓮沒料到自己會實踐計畫，還提早下手。不過，那種方法根本不可能置人於死地，不可能如此順利。但若走運，睦男真的喪命……

蓮閉起眼睛，雙手捂住臉，壓抑許久的後悔從心底湧現，直逼喉頭。他渾身發冷，面孔卻涔涔冒出汗水。

殺人兇手。

沒錯，殺人兇手。他即將成為殺人兇手，不，或許已成為事實。熱水不斷從水龍頭流出，黑暗中瞳眸半睜的睦男浮現眼前。這起犯罪會敗露嗎？要是睦男已死在公寓裡，他能成功繼續進行後半段的計畫嗎？使用煤炭及小型炭爐的第二階段計畫，他有辦法順利完成嗎？

不可能的，不可能成功的。那不是用來實踐的計畫，他不是真心想動手。擬定計畫，到百貨公司買齊必需品，只是想讓自己逃離現實。此刻，蓮才領悟這一點。為什麼會付諸行動？為什麼不想想就好？

——還有沒有轉圜的餘地？

假如馬上打電話喚醒睦男，是否有挽回的機會？向睦男解釋他原想洗東西，卻粗心大意放著水流便外出，請睦男幫忙關熱水器就好，非常簡單。這麼一來，他不會成為殺人兇手，楓也不必成為殺人兇手的妹妹。這不是救睦男一命，是自救。救他自己和楓。

蓮猛然起身，匆匆步向辦公室。為節省生活費，在知曉睦男辭去工作後，他便將手機解約，所以只得借用辦公室的電話。

此時，店門突然喀鏘作響，蓮回頭一看，兩名少年撐傘站在玻璃門外。年紀較大的少年疑惑地握著門把，視線對上蓮。

真是的，蓮在內心咒罵。不開門不行，於是他迅速轉身，恨恨瞪著地板往門口走去。

一開鎖，兩名少年便收起傘插入傘架，踏進店內。他們似乎是兄弟，雖然長得很像，但神態截然不同。哥哥面無表情地瞄蓮一眼，隨即步向商品架。弟弟則一副提心吊膽的模樣，低頭尾隨哥哥。

「歡迎光臨。」

蓮盡量維持平靜的語氣，暗暗觀察，感覺兩人不會立刻拿東西到櫃檯結帳。

於是，蓮再度前往辦公室。其實，店裡有顧客時是不能待在辦公室的，除了防止偷竊外，數年前埼玉縣內的超市曾發生寶特瓶遭怪客注入農藥的案件，半澤擔心自己的店也被惡作劇。可是，現下的蓮根本管不了規定。他拿起辦公桌上的話筒，敲打般按下家裡的電話號碼——通了，一聲、兩聲、三聲鈴響，毫無回應，沒人拿起話筒。焦躁、後悔、恐懼，水龍頭不斷流洩的熱水，睦男蒼白的臉。蓮幾近祈禱般將話筒緊貼耳際，鈴響已超過十聲。背後傳來少年細微的話聲，蓮以為在呼喚他，迅速回頭，櫃檯旁卻空無一人。是他倆在交談嗎？鈴聲持續響著，還是無人接電話。又聽見少年的聲音，哥哥告訴弟弟該走了，似乎沒買東西就要離開，蓮重新把注意力集中在右耳。然而，蓮不經意瞥見某個情景，一前一後走向門口的兩兄弟，抽出雨傘時的動作都很不自然，像強忍著腹痛。電話空響，兩人撐傘並肩踏出店外。強風吹得雨傘偏左，哥哥迅速轉向逆風處，抵擋從側面襲來的雨。電話空響，弟弟步履蹣跚地抓著被吹到下風處的傘。電話空響，某樣東西自弟弟的T恤滑落地面，濺起一陣水花。電話空響，兄弟倆看著地上的寶特瓶。電話空響，下一剎那，兩人一齊回望店內，哥哥突然微扯嘴角，彷彿在笑。電話空響，他盯著蓮，忽地探進身上的T恤，掏出另一個寶特瓶，打開後直接送到嘴邊，挑釁般咕嚕咕嚕灌下肚。

許久之後，蓮仍清楚記得當時的感受。

夾雜著焦躁、後悔與恐懼的心情，倏地轉變成憤怒。若是在別的時機——什麼都沒發生的狀況下，心中的憤怒恐怕不會那麼強烈，人類甚少頃刻爆發極端的情緒。然而，當時不一樣，成群蚊子般湧現的焦躁、後悔、恐懼是無法測量地巨大，幾乎已膨脹到極限，終於全部轉換成憤怒。他聽見自己低吼一聲，將話筒往辦公桌上用力一丟，辦公室的入口及櫃檯從眼簾消失，只剩店門無限放大。一回過神，他已衝出店外，抓住瞪大雙眼想逃跑的少年肩膀，一把撂倒。伴隨短促的尖叫，少年手中的汽水瓶滾落濕漉漉的地面。弟弟在旁邊發出無意義的哀嚎，哥哥仰天承受暴雨，唇齒緊閉，雙手高舉至脖子附近，渾身僵硬地戒備著可能招致的攻擊。蓮對少年大喊，但究竟說了什麼自己也不清楚。少年兩手顫抖著擋在臉前的身影，在蓮的視野裡上下左右搖晃。弟弟畏怯的叫聲傳來，蓮突然察覺雨打在頸後，濡濕的T恤貼在背上。意識到那股冰冷的瞬間，連續的情感猝然畫下句點，視野也驀地變得鮮明。

蓮的左手壓在少年的喉頭下側，高抬的右手肘向上，拳頭緊握。但，宛如消氣的氣球，他的上半身慢慢鬆懈。

他想揍這名少年嗎？在店裡偷竊，又擺出嘲諷態度的少年，他打算暴力相向嗎？

雨中不停傳出嗚咽聲，少年的弟弟拋下傘，徒勞地揮舞雙手，圓睜著瞳眸哭泣。他直瞅著蓮，彷彿肺部痙攣般抽抽噎噎。

「你們……都進來吧。」

蓮垂下目光，並未特別針對誰說。他腦袋一片混亂，偷竊的事情必須聯絡半澤，不，當前最重要的是睦男，得趕緊打電話回家。

此時，兩道短促的聲音交錯傳來，像極猛鋸三合板的聲響。蓮發現那源自倒地的少年口中。

他的氣息十分紊亂。

「你……」

蓮雙手撐著地面，低頭觀察少年。少年發出劇烈的呼吸聲，瞳孔放大到幾乎看不見眼白。呼吸聲。望著灰色天空的黑瞳，微微震動。呼吸聲。剛剛持續空響的電話鈴聲又迴盪在耳朵深處，恍若警鐘大作。蓮未多加理會那雜訊，仔細傾聽少年的氣息。電話空響，呼吸聲。像是要甩乾水珠，少年狂亂揮舞雙手。電話空響，呼吸聲，少年緊抓濕淋淋的襯衫胸口。呼吸聲、呼吸聲、呼吸聲。

「喂，你還好嗎？」

少年突然渾身一軟，半開的嘴承接雨水，微睜的眼眸瞪視灰濛濛的天空。

經過幾秒鐘。

「喂……」

沒有回應。

雨聲籠罩著三人。

（三）雨，讓他們心中的河川暴漲

「動手。」

「可是，我要拿什麼……」

「隨便都好，快點。」

不可能，不可能成功，一定會被發現。

圭介哭喪著臉站在「紅舌酒坊」內。

辰也左手壓住肚子，透過雨水淋濕的T恤，依稀可見汽水瓶的標誌。這樣不可能瞞過店員，莫非辰也是明知故犯？

或許正是如此。哥哥又想故意惹里江不高興，而且這次要讓圭介也遭到嫌惡，所以逼圭介偷東西。倘若被店員逮到，對方肯定會報案，里江就不得不上警局。傷心難過、不住嘆息之餘，里江便會漸漸討厭圭介吧。

「動作快。」

辰也語氣嚴厲地低聲催促。

「快。」

圭介右手伸向冷藏櫃，指尖不受控制地顫抖，僵在半空中。

「我還是……」

圭介鼓起勇氣望向哥哥，卻欲言又止。哥哥的眼睛，就像那條龍銳利的眼睛。隨著變聲，哥哥的心也出現變化，時而溫柔時而凶悍，完全無法猜測，如同沙啞不清晰的嗓音。

圭介悄悄轉頭。店員在他們走進店內後就退回辦公室，一直沒出現，究竟在幹嘛呢？

「動手。」

辰也傾身靠近圭介。雖然只是個小動作，圭介卻有種遭龐然大物籠罩的感覺。

圭介屏住氣息，重新舉起右手。店外雨聲毫不間歇，但耳裡像塞著棉花，聽來異常朦朧。心臟劇烈跳動，臉頰冰涼。他握住冷藏櫃門把，緩緩拉開，左手迅速伸進門縫，抓出距離最近的一瓶茶。

「塞到T恤裡蓋住。」

見圭介乖乖照做，辰也又開口，可是聲音卡在喉嚨，沒說出來。他不耐煩地蹙起眉，稍稍用力重複一遍。

「走了。」

辰也這次順利發聲，所以音量非常大。圭介渾身一僵，回頭望去，店員仍待在辦公室。

辰也快速步向大門口，圭介趕緊跟上。壓在左手底下的寶特瓶傳出微弱的水聲。

踏出店外，單手開傘、準備離開之際，某處響起大型動物般的嗚咽聲。是風。一陣強風襲來，幾乎要將圭介的傘吹走。他心想不妙，連忙雙手抓住傘，寶特瓶於是從T恤裡滾落。

「笨蛋！」

圭介與辰也一齊回頭，視線對上在櫃檯後方的辦公室打電話的店員。

只有一瞬間。

辰也居然噗哧一笑，「或許這樣正好。」

接著，辰也從T恤裡拿出汽水瓶，透過店門玻璃注視著店員，打開瓶蓋就喝起來。圭介一陣錯愕，果然如他所料，哥哥打算藉這次的偷竊案找里江麻煩。計畫露出馬腳讓店員逮住，送往警局，再叫里江來保他們。圭介四肢哆嗦，傘撐在半空中，一句話都擠不出。

玻璃門彼端的店員似乎有所動靜，且速度快得遠遠超乎圭介的預測。哥哥肯定也有同感。

辰也倒抽口氣。

和那時候一樣，圭介立刻憶起。數年前，母親仍在世時，辰也曾逗弄附近草叢裡的野貓。或許是在圭介面前逞強，辰也不斷戳熟睡的野貓背部。每次貓都帶著迷濛的眼神瞋睨，並以尾巴驅趕辰也不安分的手。圭介試著勸阻，辰也卻變本加厲，不停捉弄貓。不曉得是第幾次，貓突然轉過身，銳牙相向、雙目圓睜，狠狠抓傷辰也的手。當時，辰也同樣是一臉驚訝，兩腿發軟，僵在原地無法言語。然後，同樣懊悔不已。只不過，這回對他露出獠牙的不是貓。

以恐怖氣勢疾奔過來的店員，那憤怒的神情是圭介從未見過的猙獰。他「砰」地一聲推開大門，迅速步向辰也，以全身衝撞般的力量揪住辰也胸口，大叫著將他壓倒在濕透的地面。

「我連你也宰掉！」

他會動手，圭介不禁一懍。意義不明的「連你」兩個字，莫名加深他話中的真實性。不像威脅也不像開玩笑的店員，在雨中掄起右拳的瞬間……

仰躺的辰也出現異樣。他張大嘴巴，雙眸凝視虛空，呼吸加快、再加快、不斷加快，兩手不由得抓住喉嚨。

哥哥的病發作了，圭介馬上反應過來。

得跟店員講，要告訴他才行。但從圭介口中吐出的不是話語，盡是嗚咽聲。他好害怕，他討厭眼前的情況。剛剛他不是還和哥哥在窗邊交談，為什麼會變成這樣？圭介不停抽噎，哥哥異常急促的呼吸聲彷彿與自己重疊。淚水盈眶，圭介忍不住放聲大哭。

「……喂。」

店員傾身俯視辰也，僵硬的表情浮現一抹驚訝。那是當然的，一般人都會嚇到。當初撞見時，圭介還以為哥哥會死掉，腦袋一片空白。

漸漸地，辰也氣力盡失，渾身癱軟，似乎已昏厥。哥哥頭一次發作得這麼嚴重。

一定要告訴店員，然而就是講不出話。必須傳達的事情只有一件，他的下顎卻震顫不止，無法順利呼吸，怎麼都不成言語。

「呃，那個……他……」

不住抽泣的圭介終於拚命擠出聲，接著只需竭力說完句子。

「休……休息一下就、就好，是過……過度……」

「過度？」

店員嚴肅地反問，圭介吞下眼淚繼續道：

「過度換氣，這種症狀……其、其實立、立刻拿塑膠袋之類的，掩住口鼻就能緩和。」

櫃檯後方的辦公室內，店員在地板上鋪報紙讓辰也躺下。

這是圭介第三次目睹辰也的過度換氣症發作。頭一次是父親告訴兩人母親去世時，第二次是病床上的父親坦白醫生已宣布他的死期時。由於都發生在醫院，附近的護士立刻進行急救，不慌不忙地以塑膠袋蓋住哥哥的口鼻。圭介之後才曉得，那是身體逕行吸進過多空氣引起的症狀，與體質有關，只要妥善處理便無大礙。

「過度換氣啊……」

店員似乎也知道這種症狀，大大嘆息後低頭看著辰也。圭介暗想，等辰也清醒，兩人能否安然回家呢？依現下的氛圍，店員不像會報警，他稍稍感到放心。

——然而，他太天真了。

「我馬上叫救護車。」

店員說著，回頭望向圭介。

「呃，啊？」

圭介渾身直冒冷汗，投降般無意義地高舉雙手，慌忙搖頭說：

「不行，不能叫救護車。」

叫救護車可不妙，里江接到通知後，便會曉得他倆偷竊。辰也的呼吸已恢復規律，大概再休息一下就會清醒。儘管擔心，但應該不要緊，況且他是自作自受，誰教他執意幹這種事。

「雖然只是過度換氣，假如有個萬一就糟了。」

「不會的，沒關係，沒什麼萬不萬一的。」

圭介以支離破碎的語言拚命阻止。

「這該怎麼辦……」

店員跪在辰也身旁，非常困擾地抓著頭，髮梢水珠滴落。看圍裙上的名牌，他名叫添木田蓮，漢字上標有假名，讀成「soekida ren」。

約莫三十秒前，圭介便發現一件事，但顧慮到偷竊犯不應多嘴，所以一直保持沉默，或許這能轉移店員的注意力。

「那個……」圭介決定鼓起勇氣說出來，「好像有誰在講話。」

丟在辦公桌上的話筒傳出聲音，雖然微弱如蚊吶，但圭介聽得十分清楚，因為對方不斷重複他常使用的單字。另一頭的年輕女孩持續喊著「哥哥」。

「講話？」

蓮先是蹙著眉頭，彷彿不甚明白，隨即轉向辦公桌，勢道猛烈得連在近旁的圭介都大吃一驚。他雙腳一蹬站起，像與誰競爭般一把抓住話筒：

「喂？」

辨別出對方的嗓音後，蓮詫異得張著嘴，不停眨眼。

「楓嗎？妳怎麼在家？」

「颱風……剛剛回到家……」

女子的話聲斷斷續續傳出。她似乎在生氣，音量不自覺地提高。「楓」講了好幾次「熱水」。

「……的……真……危……」

「那傢伙呢？妳到他房間看過嗎？」

蓮激動地問，而後瞪著半空聆聽對方的話。或許是楓已冷靜下來，圭介聽不清楚她的回答，但蓮的臉色顯然漸趨和緩。

「太好了……」

蓮長吁口氣，沉吟般重複說著「太好了」。

「所以你啊……」

楓最後斥責蓮幾句，而蓮也乖乖道歉。

楓約莫是蓮的妹妹，不過相處方式與他們兄弟倆截然不同。圭介暗想，他也能和哥哥那樣交談嗎？你這樣不行，一定要怎麼做之類的。沒辦法，哥哥一瞪他就心生恐懼。以前或許還可能，現在大概很困難。

淋濕的身體好冷。

「嗯……嗯，我明白，之後會小心。唔，我會振作一點。」

蓮向不在眼前的妹妹低頭致歉，他似乎忘記檢查什麼就出門。蓮不僅一臉安心，甚至明顯流露一絲喜悅。遭妹妹責備有啥好高興的？逮住竊賊還吼出要「宰掉」對方這種極端的話，真是個怪人。

蓮講完類似「晚餐就交給妳嘍」的話便掛斷。

「好了……」蓮深呼吸後轉過身，「抱歉，分神接電話。依你哥哥的情況，還是叫救護車……」

語尾未落，蓮察覺圭介的抗拒。

「無論如何，你都不想叫救護車嗎？」

見圭介點頭，蓮交抱雙臂沉吟。圭介期盼蓮能說「等哥哥清醒後就回去吧，但下次不能再犯」，訓他們一頓就收場。

可是，蓮又拿起話筒。他要叫救護車了——圭介十分焦急，差點撲上前抓住蓮的手。出乎意料地，蓮並未按下「一、一、九」，反而看著貼在辦公桌前牆面的紙條，打了上頭寫的號碼。他究竟聯絡誰？另一股緊張感自圭介心底湧現。

「啊，喂？……是語音信箱哪……」

對方沒接電話，蓮在語音信箱留言。

「您辛苦了。我是添木田，有事想商量，麻煩回電。」

此時，躺在地上的辰也一動，睜開雙眼茫然望著天花板。圭介才要開口，辰也已迅速環視四周，明白當前的境況，小聲砸嘴。

「是店員大哥抱你進來的。」

「我想也是。」辰也坐起身，不高興地冷哼道。「你沒那個能耐。」

「哦，你醒啦？那就好。」

蓮掛上話筒，轉身離開辦公桌，蹲在辰也與圭介旁邊問：

「還是不舒服嗎？」

辰也根本不肯正視他。

望著他的小學生與無視他的國中生，蓮有點困惑不知該和誰交談，最後選擇朝辰也的側臉說：

「我剛剛聯絡老闆，可是他沒接電話。不久前，他開車去另一間店。」

於是，圭介憶起方才差點把泥水濺到他們身上的車。原來，探出駕駛座的是這家店的老闆，難怪頗面熟，之前上門買東西時見過他幾次。有一回，袋子裡的棒狀零食疑似折斷，店長還找他兩圓，是個有點奇怪的人。

「所以，我得通知你們的父母。這是店裡的規定，雖然想睜一隻眼閉一隻眼，但我只是小員工。那麼，你們的媽媽在家嗎？」

「不在。」

辰也的口吻十分粗魯。

「她不在家，應該說她不在任何地方。」

蓮不曉得怎麼解讀他的回答，輕嘆口氣：

「那只好找你們的爸爸過來。」

「假如辦得到，你就能當靈媒了。」

蓮以探詢的目光盯著辰也的側臉許久。

「該不會……」蓮忽地蹙眉，試著問：「你們的雙親都已去世？」

辰也默不作聲，蓮轉而望向圭介。

怎麼辦？回答「對」是謊話，回答「不對」也是謊話。雖然說明家裡的情況就好，但這麼一來，蓮便會聯絡繼母。那可不妙，非常不妙。

「呃，我媽媽死了，爸爸也死了，所以……」

圭介絞盡腦汁思索，卻找不到圓場的藉口。他想求助辰也，卻見哥哥一副事不關己的神情，拉著衣角擦拭手肘的汙漬。

「原來如此……」

蓮交互望著兩人，緩緩眨眼。他的目光哀傷，且帶著憐憫，但與來父母喪禮弔唁的親友投注在他們身上的視線不太一樣。該怎麼形容呢，他雙眼焦距像牢牢鎖住圭介體內的某一處。

接著，蓮陷入一陣沉默。不知如何是好的圭介緊閉著嘴，擦掉手肘汙漬的辰也則換個姿勢，跪坐在報紙上。

「以後不能再犯喔。」蓮突然開口，「今天就當沒看見，我不會再追問細節。」

太好了，圭介暗暗握拳歡呼。然而，要是流露一絲慶幸，對方或許會改變心意，於是他咬緊牙關，盡量表現出認真懺悔的模樣。

「那兩瓶飲料我請你們吧。」

蓮起身打開辦公室角落的置物鐵櫃，從背包取出皮夾後走到櫃檯，開始操作收銀機。

他把零錢放進收銀機，輕輕點頭說：

「這樣就OK了。雨愈下愈大，快回去吧。」

不必蓮交代，圭介已站起來，打算步出辦公室門口。為避免留下落荒而逃的印象，他盡可能沉穩且帶著歉疚的神色走著，以為哥哥會跟著離開。

然而，辰也根本不想起身，甚至冒出令人難以置信的話：

「可以聯絡溝田里江，我告訴你她公司的電話。」

「溝田里江是誰？」

「算是我們的監護人。」

辰也毫不理會僵在一旁的圭介，逕自報上里江的聯繫方式。當下，圭介才發現哥哥竟計畫得如此周到。為預止這種情況發生，他事先背好電話號碼，只是要找里江麻煩。

「那麼，我打嘍？」

「方便再講一次號碼嗎？」

蓮半信半疑地拿起話筒，辰也點頭。

辰也複述一遍，蓮跟著按下號碼。

完蛋，沒救了，一定會挨里江罵。辰也前科累累，圭介卻是初犯，里江自然是心知肚明才生氣吧。第一次對這孩子說這種話，第一次對他投以這樣的眼神，里江憤怒之餘肯定非常哀傷。全是辰也害的，真討厭。不管他高興惹里江發怒，或讓里江難過都好，自己去做嘛，為什麼要把我扯進來？

電話響幾聲後，隱約傳出一名男子的回應。

「啊，抱歉打擾您，我是『紅舌酒坊』的員工添木田。」

辰也猛然抬頭，直盯著蓮的胸口，似乎在看圍裙上的名牌，不曉得發現什麼不對勁的地方。

「請問溝田里江小姐在嗎？」

電話很快轉接到里江手上。

蓮慢慢告訴里江發生在店裡的事情，聽得出他刻意避免使用「偷竊」一詞。講到一半，他想起還不知道兄弟倆的名字，於是掩住話筒回頭問：

「你們叫什麼名字？」

「我是辰也，這傢伙是圭介。」

「辰也和圭介……對，兩個人。」

交談一會兒後，蓮忽然驚呼一聲。

「妳是他們的母親嗎？」

蓮滿臉疑惑地回頭看兩人一眼，但在他們開口解釋前，里江似乎已簡單說明。蓮癟著嘴，不停點頭，眸中再度流露和方才一樣的神色。

「啊，不要緊，這次就算了，您不必專程到店裡……咦？不用啦，真的沒關係。」

里江好像要趕過來，圭介感覺全身一軟，不禁當場蹲下，頹然長嘆口氣。而哥哥則一次也沒望向他。

兩年前，母親的喪禮結束一陣子後，里江開始出現在圭介家的公寓。

里江並非特地上門找他們的父親，而是來照顧圭介與辰也的日常生活。門鈴多在傍晚響起，里江會幫兩人準備飯菜，等父親下班到家，簡單寒暄幾句便離開。那段期間，她都是如此往返海邊小鎮及埼玉。

自母親亡故，父親在家幾乎不說話。不管是坐在電視前或用餐之際，他總望著空無一物的地方。有時父親洗澡洗很久，圭介覺得奇怪，便到浴室門口豎耳偷聽，常聽到強忍的啜泣聲。里江出入家裡後，這種情況也沒改變。只不過，從公司回來，與里江簡短交談或向她道謝時，父親的眼眸是有神的。彷彿變成陌生人的父親，唯有那一瞬間會恢復原貌，圭介不曾看漏。哥哥也有同感，從他的表情就瞧得出。

那時，辰也是喜歡里江的。

「我打算和里江結婚。」

所以，當父親把兄弟倆喚到客廳坐下，這麼告訴他們時，辰也和圭介一樣思索一會兒後，便乖乖點頭。哥哥肯定也覺得點頭是幫爸爸的忙。

辰也的態度遽變，起因於當週週六，里江帶著行李搬進公寓時說的話。

「我會努力當個好媽媽。」

冷靜想想便不難明白。儘管和父親結婚後，里江自然成為他們的母親，但那句話依舊讓兩人措手不及，大受衝擊。

沉默幾秒後，辰也發出呻吟，起身跑進兒童房，並關上門。圭介僵在原地，心想大概會傳出摔東西的聲響，然而，門的彼端卻一片安靜，始終毫無異狀。圭介不敢回房，也不敢面對父親及里江，只能困窘地呆站著，凝望緊閉的門。

里江與父親辦理結婚登記後，在圭介家中展開新生活。

法律上，她已是圭介和辰也的母親。

其實，她不過是想成為他們母親的外人。身為大人的里江，像是想讓兩個小學生認可她成為母親，和他們住在同一屋簷下，勤快地做家事。她的視線總是略微朝下，常帶著笑容，卻未真正笑過。

里江沒做錯什麼，所以圭介如往常般與她交談，也乖乖吃完她準備的餐點。但辰也不同，他完全不理會里江，明明桌上已擺好飯菜，還開冰箱找東西吃。但那些仍是里江從超市買回來的食材，在圭介眼裡，哥哥的行徑只是故意要惹對方不舒服。

父親則靜觀其變，或許是認為時間能解決一切。的確，倘使日子就這麼過下去，情況搞不好會以某種形式獲得改善。可惜，時間的洪流奔往超乎意料的方向。

父親罹患胰臟癌，發現時已病入膏肓。去年秋天進行第一次檢查，在醫院度過冬天與春天後，父親於夏天來臨前的某個下午陷入昏迷。當時，圭介與辰也放在窗旁的花瓶影子緩緩延伸到地上，還不及搆著強忍淚水守在病床邊的里江腳畔，父親就撒手人寰。等醫生做完各項說明，三人走出病房前，回望病房最後一眼，只見夕陽將窗簾染成恐怖的橘色。

於是，那戶兩房兩廳的公寓裡，僅剩沒有血緣關係的母子。

至今，辰也仍稱呼里江為「那個人」，獨處時圭介總盡量順著哥哥。只要圭介喊「里江阿姨」，哥哥的目光便讓他有如針刺。他不喜歡哥哥露出那樣的眼神。

父親病逝後，為支撐家計，里江在都內的公司找到一份工作。她比圭介和辰也早出門，晚上八點左右回家做飯。偶爾看見刻意放在桌上的漫畫及空零食包裝袋時，里江便會臉頰一僵，流露悲傷的神色。

里江罵過辰也幾次，不像斥責別人家的孩子那般小心翼翼，而是和真正的母親一樣直接斥責他。可是，辰也始終漠視里江的話。圭介非常不安，擔心總有一天里江會忍不住揚手打辰也，同時深怕哥哥會粗暴地反擊。國中二年級的辰也，個頭已高過里江。

圭介不懂辰也的心思，有時似乎弄明白了，下一刻又摸不著頭緒。相同情況反覆上演。

某個週日，住在富山的奶奶前來跟里江商量，希望領養圭介與辰也。當時，由於哥哥特意介入，表示「維持現狀就好」，奶奶沒再堅持便離開。哥哥究竟想和里江一起生活，還是不想？

不久之前，圭介曾瞬間——大概幾十秒吧，覺得自己完全理解哥哥的心情。那是電視播放著動畫《海螺小姐》，一家和樂的歡笑聲迴響在胸口的時候。

哥哥大概是想停留在不幸的狀態吧。

或許哥哥十分喜歡「自己很可憐」的念頭掠過腦海時，鼻腔裡騷動的微甜感受，才會故意將偷來的物品擺在桌上。他想藉由挨里江責罵，咬牙強忍自身的不幸，再度回味那種感覺。

坦白講，他還是一頭霧水。哥哥每天都在思索些什麼？以前的哥哥又消失到哪去了？

「雨下得好大。」

圭介根本連點頭回應蓮的力氣都沒有。

電話聯繫里江後，已過三十分鐘，她約莫就要抵達。

收音機播報著新聞。

「……川越市東部，入間川與荒川匯流區域的水勢將因豪雨暴漲，請留意可能造成的災害……」

雨還是下個不停。圭介以蓮遞給他的店用毛巾擦乾頭髮與身體，終於不再感到寒冷，反倒是心中愈來愈不安。

透過辦公室的小窗戶，看得見店前空地，往返車站的公車站牌就在前方，由此處應該能先瞧見里江出現在「紅舌酒坊」門口的身影吧。里江或許會急切地窺探店內情形，圭介背靠著窗，遮擋外頭的視線。

辰也把毛巾隨意披在肩上，凝望自己盤坐的腳。剛長長的頭髮濕答答地黏在頰面。

「不過，多虧這場雨。」

蓮跨坐在椅子上，下巴抵著交疊於椅背的雙手，鬆了口氣般露出微笑。

「我才沒成為殺人犯。」

這是在開哪門子的玩笑？

對了，蓮把辰也壓倒在地時的吶喊，究竟是什麼意思？蓮該不會真的打算殺誰吧？想到這裡，圭介忘記當下的處境，差點噗哧一笑。

這個人幹不來那種事，即使逼他也沒用吧，那肯定只是氣頭上的話。由於被辰也嘲弄的態度激怒，他才會脫口說出奇怪的話，所謂的氣勢真是恐怖。

「你們家的情況……跟我家很像。」

蓮移開視線，喃喃低語。圭介聽不明白，正要開口詢問時，辦公室的電話響起。

「喂，您好，這裡是『紅舌酒坊』。啊，店長嗎？」

糟糕，圭介驀地全身緊繃。

似乎是店老闆的回電，蓮剛剛在他手機裡留言。蓮一定會告訴他店裡遭竊，逮到一對兄弟，現下在辦公室。那麼，事態將如何發展？店長八成會要蓮報警，絕對沒錯。

「嗯，不好意思，有件事想向您確認。」

蓮像是思索幾秒後，答道：

「拖把用水清洗就行了嗎？」

圭介不禁張大嘴巴，辰也則抬頭望著蓮。

「是、是……唔，對嘛，我也這麼想。咦，我說想『商量』嗎？」

聽著對方的回應，蓮不由得失笑。

「大概是順口而出的話吧？我偶爾會那樣。」

這個店員果然與殺人完全扯不上關係，圭介有股想哭的衝動。他緊閉雙眼，忍住淚水，望向身旁的辰也，只見哥哥不高興地抿著嘴。

店頭竄進一道氣流，傳來里江細微的話聲。

蓮恰好放下話筒。他吩咐圭介與辰也留在辦公室，便出去一看究竟。不久，他和里江一路交談著走回來。里江低頭頻頻鞠躬，但蓮腳下未停，步伐紛亂的她差點跌倒，然而她仍拚命道歉。里江微弱的賠罪聲幾乎全掩沒在蓮明朗的嗓音裡。

「這個年紀的孩子都會犯類似的錯，我也不例外。」

里江來到辦公室前。

蓮留在門口，里江單獨走近，隔一點距離蹲在圭介和辰也面前。只見她的頭髮、開襟羊毛衫、裙子、鞋子，皆淋得濕透。她當然會撐傘吧，不過，恐怕她是從公車站一路跑來，小腿後側的絲襪殘留著泥水噴濺的痕跡。

里江先望著辰也，但辰也並未抬頭，於是她看向圭介。真是不可思議，圭介原本十分害怕見到她，非常擔心會挨罵，現下卻感到無限懷念。里江緊抿著唇，沉默地注視圭介。該說什麼才好？我真蠢，做了對不起妳的事。圭介深吸口氣，慢慢吐氣，對不起的「對」還沒出口，強忍的淚水便潰堤。他哭得臉皺成一團，抽噎不止，下巴不住顫抖。雖然他滿口歉疚的話語，起身想靠近里江，卻泣不成聲，只能發出斷斷續續的怪音。他走到里江面前，伸出雙手。他並非想獲得擁抱，不知為何雙手便自然抬起，這樣的心情前所未有。狂風暴雨、偷竊、捉摸不定的哥哥、判若兩人的哥哥，圭介畏懼不已。

可是，里江推開圭介，目光嚴峻地直視他。

里江靜靜地生氣，神情比以往都恐怖。圭介暗忖搞不好會挨打，但無所謂，畢竟他犯錯在先。然而，下一瞬間，圭介上身突然前傾，里江抱住他。大雨和頭髮的氣味傳來，圭介放聲痛哭。

里江簡短訓誡圭介與辰也，又不住向蓮低頭道歉，才髮絲凌亂地離開店裡。回到公寓後，她狠狠責罵兩人一頓，神情猶如惡鬼。

他無法預見未來，也沒忘記死去的媽媽，可是，當下的里江就是母親。圭介喜歡里江。

窗外雨聲毫不間歇。圭介邊聽訓，邊窺望著夜幕漸漸低垂的天空，突然覺得大雨就快停了。

（四）雨，讓她萌生殺機

然而，雨仍持續下著。

風勢也益發強勁。從「紅舌酒坊」回家的路上，傘只夠抵擋打上頰面的雨水。蓮住的公寓位於陡坡的中段，建築物前已水流成河。蓮逆流而上，每走一步便得用運動鞋撥開水，但他心中一片晴朗。

偶爾，雨也會幫我的忙。

今天要是沒這場大雨，楓會依約前往同學家吧。然後，廚房用的熱水器便會和蓮計畫的一樣，發生燃燒不完全的情況。接著，一氧化碳會入侵睦男的寢室，導致他窒息。幸好楓取消行程提早返家，及時關掉熱水器，蓮才沒變成殺人兇手。

我們有機會重來嗎？蓮在心裡輕輕搖頭。

或許努力一點，就能忘記挨睦男拳打腳踢的日子，然而，他沒辦法原諒睦男弄髒楓的校裙。儘管不可能與睦男建立融洽的關係，但應該可以談一談。今晚或明天都好，雖然不曉得結果會如何，就冷靜和睦男商量一下今後的事情吧。

總算抵達公寓。蓮收起不停滴水的傘，踏上日光燈閃爍的外廊。每走一步，吸飽水的運動鞋便吱吱作響，加上濡濕的褲子，簡直是步步沉重。

「啊，你回來啦。」

廚房飄出味噌湯的香氣，穿著圍裙的楓半轉過身說道：

「下雨天沒辦法外出，都是用剩餘食材煮的。今晚吃豬肉炒青菜和豆皮味噌湯。」

母親去世後，楓便負責準備飯菜。蓮沒看妹妹學過，但她的料理和母親煮的非常相似。

「那傢伙呢？」蓮脫著濕透的襪子輕聲問。

廚房旁，睦男的寢室門微開，卻沒亮燈，也不像有人在。

「不曉得。約一小時前，他突然外出。」

「他去哪？」

楓偏著頭思索，「我沒問，但他看起來挺急的。」

有什麼事會讓一個沒工作、整天關在家中，連朋友也沒有男人，冒著傾盆大雨慌忙出門？

總之，眼下睦男不在家，要找他談話只能等到明天。

蓮不禁鬆口氣，帶著些許遺憾走向更衣間。他脫掉襯衫及褲子，擦乾身體後換上新的T恤與運動褲。洗衣籃裡放著楓顯然被雨淋濕的制服，蓮不由得憶起當時的情景。

楓向蓮坦白校裙的事時，眼裡浮現的不是憤怒，而是深沉的悲哀。

睦男從很久以前，在母親還活著時就對楓抱持邪念嗎？該不會他和母親結婚是因對楓心存非分之想？蓮默默斥責如此想像的自己。不能這樣，必須冷靜與睦男對峙。為了順利進行談話，還是不要想太多比較好。

「今天很抱歉。」

蓮朝廚房道歉，楓卻毫無回應。她還在生氣嗎？差點就釀成大禍，難怪她會生氣。仔細想想，若是一個不小心，妹妹也可能一氧化碳中毒昏倒。正當他暗暗反省時，楓微偏著頭探進更衣間，問道：

「你剛剛說什麼？」

「呃，就是早上瓦斯……」

「那件事啊。沒關係，以後可要謹慎些。」

「嗯，我會的。」

這下都不曉得誰較年長了。

對了，今天來「紅舌酒坊」的那兩人也是兄弟，不知他們差幾歲？蓮打算睜一隻眼閉一隻眼，故意沒細問。不過，感覺上弟弟圭介對哥哥辰也言聽計從。

兄弟倆的父母皆已去世，目前跟沒有血緣關係、僅僅在法律上是親屬的人一起生活，處境與蓮他們驚人地雷同。不過，那名叫里江的女子和睦男截然不同。她拚命想成為兩人真正母親的決心，連初見面的蓮都看得出，且她的做法沒有錯。並非不顧一切地縱容，只求孩子喜歡她，而是打從心底認真為孩子著想。辰也大概還無法坦率面對這樣的情況，但圭介似乎早就慢慢敞開心房。

蓮憶起以前曾和楓到淺草的花屋遊樂園。

那是春天的某個星期日，兄妹倆恰與辰也他們差不多年紀，蓮念國二，楓則是小四。當時，父親早已離家出走。

原本楓是要和母親去花屋的。雖然母親幾天前邀過他，但他毫不遲疑地拒絕。剛交上壞朋友的蓮，覺得跟那些傢伙一塊抽菸，或在電玩場說髒話有趣得多。

不料，前一天的星期六，母親突然收到恩師的訃聞。由於星期日要舉行葬禮，母親無法遵守遊樂園的約定，但楓只點頭應著「這樣啊」，不吵也不鬧。

隔天一早就放晴，母親離家後，蓮換上領口大敞的衣服，將預藏的香菸及打火機塞進褲袋，準備去玩樂。一踏出房門，便瞧見楓坐在餐桌旁撕衛生紙，堆得桌面都是。就讀小四的妹妹默默望著自己的手，不斷撕著衛生紙，重複安靜、單純又沒有意義的舉動，且緊抿雙唇，眼眶蓄滿淚水。

蓮看不下去，只好陪她前往花屋遊樂園。

楓拉著他在遊樂園內四處逛，還讓他買了霜淇淋和薯條。坐旋轉木馬時，楓忍不住尖叫，害他感到很丟臉。從假馬下來，通過出口的妹妹像小鳥在枝頭跳躍般，輕快穿越人群，回到哥哥身旁。然後，楓扯著蓮的襯衫一角衝往下一項遊樂設施，臉上汗水微滲，散發出向日葵的氣息。臨近閉園的傍晚時分，蓮催促該回家了，內心不禁覺得固執地緊盯攤開的地圖、怎麼也不肯抬頭的妹妹非常可愛。

「今天店裡……」

蓮原想告訴楓那起偷竊案，可是楓已不在門口。踏出更衣間一看，楓正沿著窄廊走回廚房。

「嗯？」

「不，沒什麼。咦，妳的腳怎麼回事？」

「腳？」

楓走路的樣子怪怪的。

楓面向蓮，瞄一眼腳邊，幾秒鐘後，彷彿瞥見不想看的東西般猛然抬頭。短暫與蓮的視線交會，她隨即轉身進廚房。

「沒怎樣啊。」

「是嗎？」

蓮坐在餐桌前打開電視，炒菜的香味撲鼻而來。電視播放著看過無數次的洗潔劑廣告，今天蓮卻感到十分稀奇。

廚房有點昏暗。天花板的日光燈只壞一根，先前怕浪費所以沒換，不過等雨停就去買新的吧。

廣告結束，新聞節目開始。現下正報導半年前發生在赤羽車站附近的少女失蹤案專題，穿著制服的女高中生不知遭誰帶走，至今下落不明。明年楓就要升高中，希望她不會捲入這樣恐怖的事情。

蓮回頭望著妹妹的背影。她連在家都這麼辛苦，世上若真有神明，應該不會讓楓蒙受更大的不幸吧。

「啊。」

對了，提到神明。

「楓，妳認為龍存在嗎？」

蓮想起中午看見的龍。那悠然盤旋於灰色天空中，消失在大雨彼端的龍。

「你在胡說什麼？」

甩動平底鍋的楓只應了一句。蓮也覺得自己很無聊，目光馬上移回螢幕。記者報導，雖然警方費盡心思，但半年來並未獲得有力的線索。

「半年啊……」

看似漫長，實則短暫的時間。

母親在七個半月前過世，而睦男開始對蓮和楓暴力相向，恰巧就是半年前。仔細回想，從那時起，蓮幾乎每晚都祈求神明讓睦男快點死掉。雖然沒打算親自動手，卻一直懷著「假如睦男消失就好了」的念頭。當時，睦男開始把自己關在房裡，只要一喝酒就抓著車鑰匙出門。蓮總暗暗希望睦男不要拖累別人，一個人酒駕送命。所以半夜聽見玄關的開門聲，得知睦男平安回家，蓮便不禁在被窩裡嘆氣。半年過去，日子就在煩惱與隱忍憤怒中快速流逝。

畫面上出現制服少女的放大照片。那是個沒化妝、皮膚白皙的短髮女孩。

「她和妳有點像。」

「什麼？」

楓反問後，在蓮還沒回應前便拿著平底鍋走近，傾身看著電視笑說：

「才不像，這女生超可愛的。」

此時，蓮注意到楓的右肘紅紅的，似乎是擦破皮。

「妳的手怎麼啦？」

彷彿被小針扎到，楓的肩膀微顫。她步向廚房，將平底鍋放回瓦斯爐上才答道：

「在學校不小心滑倒。下大雨，走廊濕漉漉的。」

「……真的嗎？」蓮脫口而出。

為何當下會那麼問？他事後回想，或許是內心一隅感受到妹妹的不自然，也可能是察覺她拚命壓抑的痛苦、哀傷、茫然與恐懼吧。

楓轉過頭，整張臉僅有嘴角帶著微笑。她不發一語，像猶豫著要不要開口，又像等待蓮的下一句。

「楓，注意鍋子。」

背後的瓦斯爐並未熄火，但楓一動也不動，蓮只好起身關火。他重新望向妹妹，發現她的目光微微搖晃，沒細看便容易忽略。彷彿勉強嚥下泉湧而上的感情，她纖細的脖子中央一凹。

「發生什麼事嗎？」

一瞬間，蓮以為妹妹就要昏厥。她突然全身一軟，砰一聲往木板地跪倒，雙手無力垂落。

「怎麼啦？」

蓮蹲下瞅著妹妹。楓緊閉的雙唇簌簌發顫，一滴淚水筆直滑落右側嘴角。

「楓？」

為瞧清妹妹的神情，蓮跪坐著低下頭。

「今天，」楓輕聲囁嚅，「我被那個人……」

關鍵處講得很模糊，蓮聽不明白。他試著確認，楓卻沒再重述，斷斷續續地逕自談起別的話題，恍若在佛壇前誦經般毫無抑揚頓挫。

由於颱風提前放學，楓比平常早到家。

「我前往更衣間想換下濕透的制服，那個人突然探進頭……那時我正要解開領巾……」

楓有頭沒尾地繼續道。

「我覺得很不舒服，立刻走出更衣間。他尾隨在後似乎說著什麼……我始終沒理他……突然間，他抓住我的手，把我……」

楓用力拍打著廚房地板，不像在指示地點，而是像要打碎某種有形的物體。

「推倒在這裡。」

推倒——然後呢？

蓮滿心困惑，腦海不禁浮現疑問。霎時，他憶起楓開頭的那句話。當下沒聽懂的部分，此刻清晰無比。

蓮從未想過，那樣忌諱的詞語會與自己的人生扯上關係。他以為那只會出現在電視及漫畫人物的對白，或只是國、高中生躲在校舍後方，拿來開玩笑的話題，所以沒有立即的情緒反應。雖然是當事人直接告白，但蓮無法將眼前的妹妹與她的遭遇聯結。始終低垂著頭的妹妹；坐在桌前，有點神經質地撕著衛生紙的妹妹；在傍晚的花屋遊樂園，怎麼也不願回家的妹妹。

「我……」

不必看鏡子，蓮也曉得自己的表情完全沒變。然而，瀕臨爆發前，內心急遽碎裂與崩壞，肌肉內側的血液溫度不斷竄升，彷彿無數生物在蠢蠢欲動。

「還是非殺他不可。」

視野裡，癱坐著的楓身體又下滑了些。不，不對，是蓮不自覺站起。

「熱水器的意外，是我計畫的。我想殺掉他，若一切順利就能如願，沒料到妳竟然提早回來。」

楓緩緩抬頭。不知是沒聽見蓮的話，還是無法理解，她茫然望著雨幕彼端。蓮離開楓身旁走進房間，打開壁櫥拉門，在裝著破銅爛鐵的紙箱裡東翻西找。不久，他摸到一把折疊小刀。讀國中時，他曾半路遭別校的學生圍毆，為平復心中的不甘，便買下這把小刀。儘管沒有實際使用的念頭，他仍隨身攜帶。

他翻起刀刃，踏出房間。

「我應該早點殺了他……在妳受那樣的侮辱前……」

「你要去哪裡？」

「那傢伙的房間。」

蓮隨即想起睦男不在家，右手一鬆，小刀掉落腳旁。刀尖插入木板地面，發出喀嗒聲響倒下。搞不好，睦男不會再回來。或許他很清楚犯下多麼嚴重的罪，於是冒雨逃走。可是……

「我去找那傢伙。」蓮面向楓，「然後，替妳宰掉他。」

楓凝視著雙膝半晌。

蓮感覺頰面血色逐漸退卻，滿腔熱血直沖腦門。一定要殺了他，蓮暗暗發誓。這次要用最有把握的方法除掉那男人，絕不會失敗。驟然湧現的情感從腹部竄向胸口，化為一陣吶喊，就要衝出喉嚨。此時，楓微弱的話聲響起：

「……不可能的。」

「為什麼？」

哥哥沒那種能耐，身為妹妹的她再明白不過。蓮以為楓想表達這一點，不禁感到些許煩躁。然而，楓話中的含意並非如此。

「來不及了。」楓挪動身體，目光垂落地面繼續道：「一切都已太遲……坦白告訴你吧。」

她拉著地下收納庫的把手，打開木板蓋。她想做什麼？收納庫裡擺滿調味料、海苔罐頭、乾燥袋裝海帶芽等食糧，楓緩緩打直身體，挑出較重的放到地上。當內容物減少到某個程度後，她將收納庫本體的樹脂製箱子往上拉，伴隨著喀嗒一聲，順利取出。見楓將箱子拖到地面，蓮才曉得收納庫能夠拆卸。

地板空出一個長寬各約九十公分的漆黑正方形大洞。底下鋪滿泥土，看得到幾根發霉的黑色短柱。楓招手要蓮靠近，於是蓮走到洞旁，探頭往內窺望。

「結束後，」楓虛弱地開口，彷彿對著洞裡說話，「那個人打算回房間……我起身追上去……」

原本應該放在流理臺上的熱水瓶滾落在地，凹陷的瓶身沾上紅色汙漬，旁邊躺著穿睡衣的睦男。他後腦勺靠著短柱，雙臂放在身側，左右手和企鵝一樣，十指朝外。

「直到揮打下去，我才發現自己抱著熱水瓶。」

睦男額頭有道深紅色傷口，幾條血河紛紛流往脖子。而他的脖子勒著似曾相識的紅布，那是楓制服的領巾。

「我原本想自己處理……」

不知是哭還是笑，楓神情複雜地抬頭望著蓮，像做錯事的小孩般喃喃道歉。

（五）他們在雨中出門

圭介穿著睡衣，下巴頂在客廳的矮桌上看電視。

螢幕上正播著洗潔劑的廣告。爸爸很喜歡這個一臉十分享受地刷著浴室的女演員，雖不記得名字，不過她三、四年前已和念書時認識的同學結婚。為什麼圭介會曉得這種事？因為父親曾盯著結婚記者會的轉播，喃喃發牢騷。女演員畢業的高中就在父親的學校附近，父親嘟囔著要是運氣好，說不定就能跟女演員結婚。傳到母親耳裡，最後換來一頓冷淡的對待。

廣告結束後是新聞節目，畫面中出現一名漂亮的制服女孩。警方雖竭力搜尋，然而半年過去，仍未獲得關鍵線索。

提到半年前，瘦弱的父親在醫院對他們露出微笑的情景驀地浮現腦海。每個星期六和星期天，圭介和辰也都會去探望父親。儘管不曉得父親來日無多，但察覺父親身形益發單薄，圭介便難過不已。里江心知只要她在場，辰也就會沉默不語，所以一向獨自前往。偶爾探病時間重疊，在病房門口聽見里江的話聲，辰也總立刻拉著圭介回頭，退到醫院外面。等里江從正門離開，辰也才進去。圭介遠遠注視著里江的側臉，她似乎在喃喃祈禱。比起父親的病容，圭介反倒從她的神色感受到父親的情況並不樂觀。

浴室傳出里江的淋浴聲。

帶著辰也和圭介自「紅舌酒坊」回家，訓斥兩人一頓後，里江便開始準備晚餐。由於沒買菜，里江就剩餘的食材烹調。竹輪燉蘿蔔、蔥花海帶芽味噌湯，里江的料理和味道與母親完全不同。並不是難吃，客觀來講，里江的手藝比母親好。只不過，每次用餐時，該怎麼形容，明明在家裡，圭介卻覺得自己是客人。然而，今天的晚餐莫名有種熟悉的感覺，是用剩餘食材煮的緣故嗎？還是有其他理由？

不論在「紅舌酒坊」或回到家裡，辰也始終沒有一句抱歉。挨完罵，他不洗澡也不吃晚餐，一直待在自己房裡。

圭介與里江對坐在餐桌前，里江問道：

「辰也……今天是不是沒上學？」

里江盯著味噌湯碗，遲遲沒動筷。

「怎麼說？」

「他的制服不是丟在洗衣籃裡嗎？完全沒濕，你的卻是濕的。」

確實很奇怪。圭介放學回來時，辰也已在客廳看氣象報導，說是剛到家。雨下得那麼大，就算撐傘也很難不淋濕，畢竟圭介可是渾身濕答答的抵達家門。

「哥哥蹺課了嗎？」

里江輕咬嘴唇，閉上雙眸，無言地表達她也不清楚。再度睜開眼睛後，她又繼續盯著面前的味噌湯。

問問他本人吧？圭介吞下已到嘴邊的話。就是做不到，里江才會找圭介打聽。剛剛里江嚴肅訓誡兩人時，辰也根本沒看她一眼。於是，里江的目光轉為哀傷，為忍住淚水，話說得斷斷續續。圭介心裡很明白，即使直接向辰也確認，不論實情如何，哥哥都不會改變態度。現下，里江大概沒自信承受辰也的忽視。

「要不要打電話問學校老師？」

這或許是不錯的主意，圭介建議道。里江輕輕點頭，神情卻益發哀傷。

里江緊抿雙唇，沉默了約一分鐘。圭介一如往常，完全不在意嘴裡及餐具發出的聲音，自顧自地吃著東西。終於，里江低著頭開口：

「我還是不行嗎？」

圭介不曉得怎麼回應。

「我覺得妳很好啊。」

圭介喃喃低語，筷子伸向燉煮的菜。為何只想得出這麼愚蠢的答案？他不禁討厭起自己。

他吞下滷得很入味的竹輪，抬頭想喝口麥茶時，發現里江輕輕舉起左手捂著臉頰。他若無其事地以餘光偷瞄，發現里江的手背有點濕。打從父親下葬後，圭介第一次看見里江流淚。

真想幫她，圭介湧起強烈的念頭。於是吃完飯，圭介便回房問辰也：

「哥，你今天有去學校嗎？」

倚靠雙層床架坐在地上的辰也，緊盯著圭介。

「怎麼？」辰也語氣一沉。

「沒什麼……只是這樣覺得……」

圭介暗忖，不能提及洗衣籃裡的制服，否則哥哥會察覺是里江先注意到此事。

「我去了。」

辰也的視線移回地板，不再作聲。房裡的空氣不同以往，充斥著一種不熟悉的粒子，辰也周遭尤其濃厚。

「哥。」

圭介再次呼喚，房裡的粒子瞬間變得尖銳。正因看不見，圭介更為心驚。他只好曖昧一笑，默默離開。

現下，他坐在客廳的矮桌前看新聞。

那是不能探究的事嗎？難不成哥哥真的沒去學校？他幹嘛蹺課？圭介絞盡腦汁，還是毫無頭緒。

又是嘈雜的廣告，圭介嘆口氣，拿遙控器關掉電視，無力地趴在矮桌上。電視下方的錄影機電源閃著紅光，此時，圭介突然發現浴室靜悄悄的，既無蓮蓬頭的水流聲，也沒有類似洗澡的動靜。當然，不是每次都會聽見一樣的聲響，但圭介莫名地在意，腦海浮現悲傷的想像。

他站起身，躡手躡腳走向更衣間，輕輕打開拉門。明亮的浴室毛玻璃上映出里江的影子，她似乎僵在原地，一動也不動。然後，如同圭介的想像，傳來安靜的啜泣聲。

圭介關上更衣間的門。母親死後，父親似乎也常在浴室裡哭。

「圭介。」

突如其來的叫喚，嚇得圭介回頭。只見辰也站在他身後。

「我們得再去那家店一趟。」

「啊？」

圭介不自覺張大嘴巴。那家店……是指那家店嗎？偷竊失敗被店員抓到，辰也昏倒、圭介大哭，里江來接他們的那家店嗎？

「……你在講什麼？」

這次哥哥打算讓他幹嘛？哥哥在打啥壞主意？圭介全身僵硬地望著辰也，然而，哥哥口中冒出意外的話。

「我想去道歉。」哥哥面無表情地說，「那個店員對我們很好，既沒向警察報案，也沒告訴老闆，我卻沒一句抱歉。」

所以現下要出門嗎？哥哥有這種想法當然值得高興，比他小三歲的圭介原不該多嘴，還是忍不住開口：

「可是，不必這麼急吧……」

外頭雨勢依舊猛烈，圭介又已洗完澡，且最主要的是，他不想再踏進那家店。他暗自下定決心，以後絕不接近那一帶。

「非趁現在不可，否則我會改變心意。」

圭介對辰也的憂慮頗有同感，但仍試著說：

「我當場就道過歉……」

「也得向店老闆道歉。老老實實坦承犯錯，然後低頭道歉。」

辰也自顧自地講出恐怖的話，以驚人的力道抓著圭介肩膀走向兒童房。

「去換衣服，我等你。」

倘若他硬是不出門，哥哥會有何反應？大概不會打他，不會生氣大吼，甚至不會責備他，不過，很可能乾脆放棄道歉。

「好啦。」

圭介不情願地點頭，踏進房間。他脫掉睡衣，換上乾淨的短褲與T恤後走出房門。察覺辰也從玄關射來的視線，他指著里江所在的浴室說：

「得講一聲才行。」

不料，哥哥的目光突然尖銳起來。

「沒必要。」

此時，圭介驀地恍悟，或許和白天的偷竊一樣，哥哥打算迂迴攻擊里江。試著想像，兩人返家後，里江自然會問他們去哪裡。當哥哥淡淡回答是到那家店道歉，里江會有何感受？在她面前絕不低頭認錯的辰也，之後卻自己跑去道歉，圭介也跟著他。里江一定會非常難過，搞不好比接到兩人偷竊的通知時還傷心。

圭介下定決心，伸手開更衣間的門時，在玄關的辰也粗魯地脫鞋衝過來，加倍用力抓住他的肩膀說：

「我說沒必要！」

辰也逼近眼前，圭介幾乎能感覺到他的吐息。語畢，他直接拉著圭介步向玄關。圭介差點沒掉淚，在哥哥冰冷的目光下默默穿上鞋子，踏出大門。外廊上強風呼嘯，辰也拿著兩把傘，抬抬下巴催促，圭介只好邁步前進。

「啊，」走到一樓時，圭介突然出聲。「我忘記穿襪子。」

「穿什麼襪子，不用了。」

「可是鞋子濕濕的，很不舒服。」

「就算你穿襪子，最後還不是會濕掉。」

「這是心情的問題。對不起，等我一下。」

話音剛落，圭介已右轉衝上樓，身後並未聽見哥哥跟來的腳步聲。抵達二樓後，他沿外廊直奔，一把打開家門。大概是注意到剛剛玄關有奇怪的動靜，里江濕漉漉的上半身探出更衣間門口，見圭介衝進來，立刻單手悄悄遮住胸前，目光不安而疑惑。圭介不曉得該不該看她，只好眼神飄忽地快速說明情況。

「哥哥情緒起伏很大，總是想到什麼就做什麼。」

難得辰也有心道歉，不要阻止他比較好。里江聽著低下頭，緩緩眨眼，水珠從濡濕的髮梢不斷滴落。雙眸疲憊無神、眼眶通紅的她，突然緊抿卸妝後的薄唇。圭介以為她快哭出來了，她卻揚起臉靜靜微笑，沉穩應道：

「去吧。」

圭介點點頭，隨即轉身衝向玄關。半途他忽然想起什麼，又跑到房間，從衣櫃裡拉出一雙襪子穿上。

（六）屍體在雨中移動

「哥哥，紅燈！」

聽見楓的提醒，蓮連忙踩煞車。輪胎發出刺耳的摩擦聲，安全帶卡住兩人肩膀，車體彷彿瞬間浮起，之後才停下。

滂沱大雨中，實在難以看清交通號誌。

蓮開的這輛自排車，是母親去世後，睦男拿車子保險金買的。車子從國道十六號轉進川越街道，朝西往秩父方向前行。其實，蓮原想走捷徑，但沒自信能平安通過狹窄又多彎的道路。蓮沒駕照，也沒上過駕訓班，可是高中和壞朋友混在一起時，開過幾次畢業學長的自排車。有時只是繞他們群聚的運動公園周圍一圈，有時則會駛上深夜的國道。若是大馬路，他有把握順利抵達目的地而不會出車禍——他與昔日的朋友已無往來，周遭沒人曉得他會開車。當時蓮曾向楓炫耀，由於常跑夜路，汽車在他眼裡就像遊樂園的玩具車。方才與楓確認過，她從未告訴別人此事。

蓮認為這是一切成敗的關鍵。

約莫一小時前。

「打電話報警吧。」

茫然呆站在地下收納庫旁的蓮開口。

又是雨天。七個半月前，母親在雨中喪命，現下雨再度攪亂他們的人生。倘若沒下雨，楓便會依約前往同學家。倘若沒下雨，楓就不會遭睦男襲擊，也不會殺了他。

見腦袋埋在雙膝間的楓抬起僵硬的臉，蓮輕輕搖頭，繼續道：

「我不會講出實情，就當是我毆打他，是我勒斃他。」

「不行，」楓攀住浮木般抓著蓮的雙膝，「那樣會毀掉你的人生。」

「早就毀了，都怪這傢伙……」蓮目光移向地板下的睦男。「自他踏進這個家後，我的人生便已脫軌。」

頭破血流、脖子上緊纏著領巾，睦男仍保持企鵝般的奇妙姿勢。蓮俯視著這幕景象，陷入漫長的沉默。

沒錯，不是雨扭曲他們的人生，而是這個男人扭曲他們的人生。只要這傢伙消失就好了。在想像中殺死無數次的混蛋；雖然沒十足把握，但實際上已按計畫動手的對象──終於真的消失在世上，蓮的願望順利實現。然而，扭曲的人生指標卻往更糟糕的方向偏轉。

蓮的心底彷彿有把火竄燒。奇異的是，望著地板下的睦男，蓮突然湧起「想殺死他」的衝動。這樣的心情，或許比睦男還活著時強烈。

「殺了他。」

蓮脫口而出。殺。殺掉這具屍體。

「對，殺了他就好。」

蓮覺得聲音和身體彷彿變成別人的。

「殺掉屍體的方法，就是隱藏。」

一旁的楓抬起哭腫的雙眼。

「妳原本打算這麼做，對不對？」看著輕輕點頭的妹妹，蓮繼續道：「我只是協助妳。這次要將扭曲的人生轉往好的方向。」

楓注視著蓮許久，才啞聲開口：

「你是認真的嗎？」

正因是認真的，現下睦男的屍體在後車廂內搖搖晃晃。蓮和楓脫掉睦男的睡衣，換上自他房間衣櫃翻出的休閒褲及ＰＯＬＯ衫，並幫他穿上鞋子。接著，兩人找到收在壁櫥裡的冬被，從壓縮袋拉出棉被，再把屍體塞入袋子，擊中睦男頭部的電熱水瓶也一併放進去。

兄妹倆將那個大型行李搬到公寓後方的停車場。雖然周圍不見任何人影，但為防萬一，他們在透明壓縮袋外蓋上一條暗色毛毯。

「我一開始就打算這麼做。」

綠燈亮起，蓮慎重踩下油門。雨刷奮力撥開猛烈襲向擋風玻璃的雨珠。

「我原想用這輛車運送那傢伙的屍體。」

蓮坦白一切。

依先前的計畫，蓮打算將一氧化碳中毒身亡的睦男放到後車廂，連夜載往秩父附近的山中，點燃從百貨公司買來的小型炭爐及煤炭後，隨即棄車離開。反正，遲早會有人發現車內的屍體，而警方八成會以自殺結案。蓮沒有駕照，應該不致遭到懷疑——這是他當初的盤算。

不過，現下計畫變更，搬運屍體的不止蓮，還加上楓，所以不使用小型炭爐及煤炭，也不將屍體留在車內，改成埋進土裡。替睦男換衣服，是為避免屍體意外曝光後，警方對同住一個屋簷下的家人起疑。當然，他不會把屍體埋在那麼容易被找到的地方。

「哥……開慢一點。」

「沒辦法，不保持和其他車一樣的速度會太醒目。」

楓不安地緊抓著蓮。駛出公寓的停車場後，楓便一直抓著蓮的膝蓋，只有拭淚或幫蓮確認放在雜物箱裡的地圖時才放手。

「對不起。」

楓的話聲微弱到幾乎聽不見。蓮不禁瞄向楓，她似乎對自己脫口而出的話十分詫異，僵硬地望著他。

「妳沒必要道歉。」蓮的視線移回檔風玻璃，「一個月後，我們去警局或兒福中心一趟，告訴他們父親沒回家。畢竟裝得若無其事也不行。」

「可是，住在一起的人不見，我們拖了一個月才報案……」

「不奇怪，這樣就好。只要一五一十說明那男人和我們的關係，及至今的生活狀況，就不會不自然。他消失後馬上報警反而可疑……」

蓮眼角餘光瞥見某樣東西，倏地中斷談話。他鬆開油門，邊確認後照鏡，邊慢慢減速。

「怎麼啦？」

楓的語氣僵硬。此時，對向的車頭燈光掠過，照得她臉頰一陣白。順著蓮的視線望去，左後方有塊像在蓋辦公大樓或公寓的工地，人行道彼端的鋼架上還圍著印有建築公司標誌的防水布。

「那裡也許會有鏟子。」

家中找不到鏟子，蓮原想拿木板之類的銳器挖埋睦男的洞。土壤吸收水分後會變軟，要掘開應該不難，不過，若能拿到正常的工具當然最好。

「我去瞧瞧。」

一踏出車外，狂風便如沙袋般狠狠甩上蓮的臉。他留下楓，獨自走向工地。覆蓋鋼架的防水布承受碩大的雨珠，不斷發出沉重的延長音。穿過鋼架與防水布之間，只看見單調的水泥地基，建築工程似乎尚未正式展開。形同迷宮的地基積著泥水，但蓮十分幸運，很快就發現一把插在泥濘中的鏟子。他迅速抓起，迎著強風，搖搖晃晃走回車上。

（七）雨將罪證交給龍

「……店早就關門了嘛。」

看進玻璃門的內側，「紅舌酒坊」內一片漆黑。圭介心底湧起一陣無力感，差點沒癱坐在地。

這是怎樣的結局？真過分。

「這樣啊。」

辰也以傘抵禦橫向襲來的雨，含糊地回應。

一旁的白色門牌上寫著「半澤　住家請往後←」，圭介擔心辰也看見後，會想到店長家道歉，於是不著痕跡地移動傘遮擋。

「直接去找那個店員吧。」

「什麼？又不曉得他家在哪……」

然而，辰也僅簡短地說「我知道」，隨即走過圭介身旁。

「你知道？咦，為啥？」

但辰也並未回頭，圭介只能帶著焦慮與不安追上哥哥的背影。

雨勢逐漸增強，風向也無時無刻在改變。圭介彷彿不斷挨著耳光，身體搖來晃去，得費盡全力才能跟上哥哥。辰也像是忘記弟弟的存在，不斷往漆黑的道路前進、轉彎，沒有一絲猶豫。圭介有種不知將被陌生人帶往何處的錯覺，很想快點抵達那個店員的家，在無風無雨的地方低頭道歉，看著對方露出微笑說「不要緊，沒事了」。比起現下的哥哥，圭介覺得蓮親近可靠許多。

突然間，辰也停下腳步，將傘前傾、微低著頭的圭介差點撞上哥哥的背。此處是陡坡的中段，雨水在腳下形成一條小河。濛濛煙雨中，右前方類似公寓的建築物透出燈光。

「是那裡嗎？」

不曉得是不是沒聽見，哥哥毫無回應。不理會斜飛的雨勢，哥哥逕自撐直傘，於是雨水全打在他臉上。見哥哥目不轉睛地盯著公寓，圭介從旁窺探他的神情，發現他正喃喃低語。雖然聽不清楚，但他明白哥哥不會再說一遍，便將視線移向公寓。

「咦？」

有人。如同黑白電影的景色中，公寓外廊上日光燈不停閃爍，「啪、啪、啪」地映照出兩道模糊的人影。沒撐傘的一對男女像在搬運大型行李，儘管只看得見影子，但男的似乎是蓮，女的則留著一頭短髮，年紀比蓮小許多。她大概是蓮的妹妹，也就是蓮在「紅舌酒坊」辦公室通話的對象，記得名字叫楓。

——咚，傳來低沉的聲響。楓不小心鬆手，兩人合搬的行李掉落在地。她趕緊蹲下抬起，行李好像很重。他們走向公寓後方，消失在圭介與辰也的視野內。

「哥，剛剛那是……」

圭介忍不住開口，只見辰也微微垂下目光。

哥哥緊盯著順漆黑雨水從陡坡流近的東西，是手帕嗎？尺寸有點大。那塊布筆直來到兩人腳邊，於是辰也蹲下，以右手輕輕拾起。此時，風突然停了。哥哥起身後，紅布猶如海藻般垂掛在他手上。

（八）雨引領他們走向失敗

像在挖掘水源，洞內總是充滿泥水。下半身浸泡這樣的黑水裡，蓮不禁暫停手中的工作，氣喘吁吁地仰起頭時，雨水滴進喉嚨，嗆得他連咳不止，甚至無法挺直上身。倏地，胸腔竄起一股噁心的感覺，全身彷彿逐漸膨脹，胃袋的食物湧出齒間，落入眼前的一片泥濘。待在上面的楓哭著說了些什麼，蓮深呼吸撐起身體，以手電筒照向妹妹，點點頭告訴她自己不要緊。

「埋了吧。挖得這麼深，應該沒問題。」

從大馬路轉進山區，開上漆黑的小徑時，失敗的預感數度掠過蓮的腦海。倘若在此處發生意外，不得不捨棄故障的車子逃走，隔天的電視新聞定會大肆報導發現載著屍體的轎車。只要勘驗過滿是證據的車內，警方想必會很快找上蓮和楓。然後，新聞內容就會變成殺害繼父及遺棄屍體，在全國各地播放。

漆黑看不到前方的彎道，錯綜複雜的小路，無法依靠的方向感，甚至透出並排民房的燈光彷彿也在監視他們，等待他們失敗。風吹雨打中，不斷逼近的樹木像在商量什麼不吉利的事情，彼此不停點頭。不知何時起，楓抓著蓮膝蓋的手痙攣般劇烈顫抖。

不過，兩人還是抵達了目的地。

開上只容一輛車通行的山路，遇到叉路就順從直覺，兩小時前，他們終於找到理想的地點。道路左側是一整排欄杆，再往前便是高約五公尺的懸崖。將毛毯緊裹的睦男屍體，連同電熱水瓶隔著欄杆拋下後，蓮和楓帶著鏟子及手電筒尋覓通向崖下的途徑。接著，蓮揮動鏟子，挖出一個足夠掩埋屍體的洞穴。

蓮把鏟子擲上平地，四肢並用攀著洞穴壁面，邊暗自慶幸在車內雜物箱找到手電筒。他壓根忘記準備照明，假如沒有那支手電筒，挖掘作業想必會更艱難。可是，睦男的車上為什麼有手電筒？半年前起，一到晚上睦男便常開車出門，是去什麼需要手電筒照明的地方嗎？

「我要丟了，妳幫忙照亮我手邊。」

伴隨急促的呼吸，喉嚨深處發出尖銳金屬音般的哀嚎。蓮非常疲憊，只要稍微鬆懈，身體彷彿就會立刻崩解。他強撐著走向楓，聽見呼嘯而過的風聲另一頭傳來沉重的水聲，附近似乎有河。

以毛毯及棉被壓縮袋包裹的睦男屍體，滾落在楓腳畔。蓮運用滾圓木的要領，扶著細長的龐然大物側面，推向洞穴。

「等一等。」

楓突然抓住蓮的手，瞪大雙眼望著他。纖瘦的下巴滑落雨滴，微微顫抖，像有話想說。為揮去恐懼，她別開視線，俯看蓮的手。

「毛毯不能丟。」她好不容易發出聲。「萬一有誰發現屍體，我們的所作所為就會敗露。只要稍加調查，警方很快會曉得那是我們家裡的毛毯，還有壓縮袋也一樣。」

好險。倘若沒注意到這一點，專程幫睦男換衣服就失去意義了，蓮急忙拿掉毛毯並卸除壓縮袋。仿若描繪在黏土捏成的面孔上，滾出袋子的睦男瞪大的瞳眸平板無神。那雙眼比身體任何一個部位，都要能彰顯人類的死亡。

「對了，熱水瓶也得另找別處丟棄。」

蓮再度起身，將屍體推回洞裡。突然間，他想起一項更關鍵的證據。

「領巾……」

領巾還纏在睦男脖子上，居然就要埋屍，我怎會如此大意？蓮怔愣幾秒，視線先是在睦男頸間徘徊，而後眼神閃爍，不住梭巡睦男全身。他跪著半翻過屍體，檢查睦男的背部，卻沒發現那樣東西。

「怎麼？」

楓膝行靠近。蓮轉過頭，茫然望著妹妹。腦海中一片漆黑襲來，周遭的雨聲漸遠，身體彷彿「撲通」陷入泥土深處。

「領巾不見了……」

(!)

第二章

「……的速度向東前進。關東地區風雨逐漸減弱，但由於颱風的影響，飽含水氣的秋雨鋒面仍為各地帶來一小時二十毫升以上的雨勢。道路能見度差，地面容易打滑，請開車的朋友……」

九月十四日　星期二　上午八點的廣播新聞

（一）龍的右手染紅

那是夢境，還是半夢半醒間的記憶？

圭介望著母親逝世的那年夏天。

兩年前的千葉海邊，周遭一片喧鬧。退潮時，海浪消失在濕漉漉的沙土間，發出碎沫聲。空氣中摻雜著大人的話聲、小孩的歡笑聲，及醬料的氣味。

「應該早點來的。」

好懷念父親的笑容。

圭介一家抵達海邊後，就在離海岸線二十公尺處攤開野餐墊，並合力撐起從船屋租來的大陽傘。

「圭介，煎餅不要放在陽光下。」

接著，父親拿出塞在旅行袋裡的泳圈吹氣。那是個下半部藍色、上半部透明，印著紅山芙蓉圖案，使用多年的泳圈。由於是大人也適用的大泳圈，父親吹了好久，還是不見明顯的膨脹。瘦削的父親每次吹到三分之一，就會交棒給辰也。等辰也努力到三分之二，便換圭介補足，最後再回到父親手上，把泳圈吹飽即大功告成。母親心臟不好，從不參與類似的勞動。

但那天不同，父親快撐不住時，母親說著「讓我來」，便取過泳圈放到膝上。

「妳還是別吹吧？」

見父親一臉擔憂，母親靠近吹氣孔一笑。

「不過是吹個泳圈，死不了的。」

現下回想，母親大概是感受到家人的擔憂，才故意那麼講。動完心臟手術，大夥都很不安，為了讓身邊的人放心，母親刻意表現出完全沒問題的模樣。然而，實際上只獲得反效果。

首先是辰也的臉一僵，圭介看在眼裡，突然心生害怕。那是他第一次將母親的疾病與死亡聯結在一起。盛夏的喧騰海灘上，恍若有冰塊「撲通」一聲墜落心底。

「夠啦。」

回過神，圭介已抓著母親放在膝上的泳圈。

「我們吹就好。」

母親像是不懂圭介的話，緩緩眨眼，然後，忽地放鬆上半身，微笑著喃喃低語「圭介真體貼」。只是，周遭的紛紛擾擾掩沒母親的話聲，圭介聽不太清楚。

「深雪。」

父親若無其事地伸出手。母親望父親一眼，便遞出泳圈。察覺母親側臉浮現一抹哀傷，圭介不禁想逃。

「我去游泳嘍。」

他裝出迫不及待的口吻，倏地站起。

「要待在我看得見的地方喔。」

母親的叮嚀從背後傳來，圭介離開陽傘下。

接連幾個晴天，海水溫溫熱熱的。眼前一片風平浪靜，退潮時捲走的細沙搔著腳底，感覺十分舒服。不一會兒，哥哥也過來了。他神情帶著不滿，母親似乎要求他不能到深處，不過他仍翹著屁股潛進海底，一發現貝殼的碎片便丟給圭介。

不久，父親站起身，和母親說了些話後，便走近兩人。父親碩長的身軀浸入海裡，唔唔唔地發出感嘆，泡澡般慵懶轉動脖子，接著面對太陽，單手揚起水花。見父親睜不開眼似地望著閃閃發亮的水滴，圭介跟辰也一齊衝過去。兄弟倆並未彼此配合，只是當圭介開玩笑地奔向父親時，辰也恰巧有相同的念頭。承受兩人的重量，父親驚呼一聲仰倒。

下一刻，他便不再動彈。

父親在水中翻轉，最後背部浮上海面。看著靜止的父親，辰也的笑容一僵。哥哥臉色大變，讓圭介心神不寧。那時，圭介的情緒總是受哥哥影響。

倏地，父親牢牢抓住圭介和辰也。猛然起身的父親、半回轉入水的兩兄弟，三人大笑著互相抱怨，根本聽不清楚彼此的話。

母親坐在陽傘下，單手拿著泳圈，邊拍攝影片。遠遠地，圭介便注意到母親在微笑。

泳圈吹得十分飽滿，應該是父親接手補強的吧。

之後，父親獨自衝向大海。他不准圭介與辰也尾隨，以狗爬式游到遠方。父親出身富山縣的海濱城市，泳技相當好。

「……吧。」

母親似乎講了些什麼。只見她一手放在嘴邊，揮著另一手呼喚圭介與辰也。兩人上岸走回她身旁，她立刻拿起水壺，說著「中暑就糟了」，要他們喝點麥茶。不過，圭介和辰也都不太願意，來到海邊當然要喝在家裡喝不到的飲料，比方……對了，刨冰。冰是水製成的，也算水分哪。聽兄弟倆如此唱雙簧，母親拿出錢包，笑著站起。

「想吃什麼口味？」

原本兩人都答草莓，但辰也隨即改點哈密瓜，圭介於是跟進。而後，他愣愣目送母親走向船屋。陽光照耀下，母親裸露在連身藍泳裝外的白皙臂膀彷彿嶄新的陶器。

「我來拍媽媽。」

回過神，圭介發現一旁的辰也拿著攝影機。不懂操作方法的辰也見哥哥手上全是沙，心想等一下哥哥肯定會挨罵。鏡頭追著母親的身影，母親在船屋入口處買刨冰，幫忙點餐的是里江。

至今，圭介仍不明瞭自己當下的心情。

不知為何，圭介非常厭惡母親與里江見面的情景，甚而有些害怕。點餐時，母親並未直視里江，反倒像故意望著空無一物的遠方。圭介第一次看見那樣的母親，平常連在超市買東西，母親都會向收銀機小姐道謝。

忽然間，附近傳來笑聲，圭介不禁望向聲源處。兩對年輕情侶邊嬉鬧，邊將大陽傘插在沙灘上。越過搖搖晃晃的大陽傘，看得見父親的頭，他似乎抓著標示游泳區域的浮標。不，那大概是別人吧？圭介瞇著眼，探頭眺望那個人好一陣子。

「老闆幫我們加了很多糖漿。」

母親揚聲說，將比平常深濃的綠色刨冰遞給圭介和辰也後，坐回剛剛待的地方。攝影機放在她膝前，辰也不知何時悄悄物歸原處。快門按鍵周圍不見沙土，哥哥擦得很乾淨，沒留下絲毫破綻。

「媽媽，妳不吃嗎？」

圭介拿吸管從最上方挖起，邊問道。

「媽媽不吃。」

母親順了順風吹亂的頭髮，手放回腿上前，似乎在心臟附近稍微停頓。那大概是不經意的舉動，圭介卻不禁懷疑刨冰與心臟手術之間有所關聯。或許是冰冷的食物對身體不好，母親才無法吃冰。這麼一提，腦海浮現母親去年吃冰的模樣。圭介想起隱藏在連身藍泳衣下，母親胸口的粉紅色傷疤。今天母親還不曾下水，不僅沒靠近漲潮處，替她吹好的泳圈也擱在一旁。果然是顧慮到心臟？莫非海水會增加心臟的負擔？

「媽媽，妳還好嗎？」

圭介挨近母親，以辰也聽不到的音量低問。不料，母親像是不懂圭介的意思，疑惑地偏著頭。

「心臟那裡。」

圭介一指，母親霎時神情一僵。仔細想想，他實在問得太唐突。母親凝視著他約莫五秒，輕扯嘴角笑答：

「我沒事，怎麼啦？」

圭介無言以對，只是搖搖頭，拿吸管戳著刨冰。

之後，圭介說了那句話。

「真希望媽媽早點能下水。」

直到現在，圭介仍認為是自己脫口而出的話害死母親，否則母親就會好端端地活著。

叩、叩、叩……

一陣細碎的聲響吵醒圭介。

房內已微亮，圭介全身感知十分清晰，彷彿未曾入睡。叩、叩、叩……間或夾雜著摩擦聲。圭介坐起，看見坐在書桌前的辰也背影。他彷彿披著天花板在寫些什麼，圭介聽到的就是那個聲響。

剛起床的圭介，心臟不知為何緊張地怦怦跳。

圭介悄悄靠近哥哥。他究竟在寫啥？為何選這種時間寫？明明出聲喊哥哥就好，明明開口詢問就好，圭介不懂自己幹嘛偷偷摸摸的。他站在穿著睡衣的辰也背後，越過哥哥的肩膀，窺望桌上的學校筆記本。雖然只看到左側部分，但應該沒錯。橫紋紙面的一端以原子筆畫的直線分隔，左邊記著英文單字，右邊則是日文釋義。由於辰也腦袋的遮擋，看不見右側正在寫的那一頁。圭介上身往旁輕挪，伸長脖子。差一點，還差一點就能瞧見內容……

砰，驀地一聲巨響。辰也發現圭介站在後面，大驚失色，膝蓋不小心撞上書桌抽屜。聽起來是不小的衝擊，但哥哥只是面無表情地緊盯圭介。那明顯帶有攻擊性的眸光，彷彿遭附身的眼神，很像某個人。儘管近在咫尺，辰也的臉孔彷彿遠在擦得非常光亮的玻璃彼端，異常清晰，卻缺乏現實感。

「哥……」

辰也喉嚨深處發出低吼，一把推倒椅子轉過身。接著，像受那股氣勢波及，圭介胸口正中一擊。「碰」地一聲，空氣全擠出肺部，圭介雙腳騰空，後背墜地。一切發生得太快，房內景象一陣天旋地轉，還不及瞧清，下一秒昏暗的天花板已靜止在視野內。

陷入恐懼與驚慌之中，圭介恍若全身麻痺。

怎麼回事？我為何會被推倒在地？

他發不出聲音，手腳不聽使喚，癱軟無力。

大概是震驚於自己的舉動，辰也僵著臉愣在一旁，剛剛那如遭附身的神色已從眸裡褪去，僅殘留全然的詫異。靜默一、兩秒後，那抹詫異漸漸淡卻，轉為帶著苦澀的混沌目光。

「嚇我一跳。」辰也扯起唇角，靜靜開口。「因為你突然站在後面。」

圭介努力點點頭，背部還貼在地板上。

喉嚨的肌肉彷彿已凍結，他仍無法出聲。辰也面向書桌，闔上筆記本後，回頭問圭介：

「你看見了？」

隨著心臟的鼓動，辰也的表情微微搖晃。凍結的喉嚨透出的寒涼，默默蔓延到下顎、臉龐、胸口，圭介試著張嘴呼吸一會兒，勉強才能回話：

「……我沒看見。」

目光和緩下來的辰也俯看弟弟，緩緩點頭，接著拿起筆記本，收進右邊抽屜。

這一瞬間，圭介找到解開心中疑惑的答案。從椅子上回頭的辰也，眼神為何似曾相識？又究竟像誰？那簡直與「紅舌酒坊」的蓮將竊賊辰也壓制在地時的眼神一模一樣。

由於風雨減弱，那天照常上課。

放學後，圭介單手撐傘，低頭望著濕答答的柏油路，邊走向哥哥就讀的國中。他也搞不清為何想去找哥哥，只覺得莫名恐懼，莫名擔心，於是不禁加快雨中的步伐。

昨晚兩人目擊的情景，那宛若濡濕剪影畫般的記憶究竟是什麼？疑似「紅舌酒坊」的店員與他妹妹的人影，蓮與楓。他們搬運的大型行李，及辰也在斜坡上撿到的紅色方巾。那是比手帕大一點的薄布，但應該不是衣飾品吧？圭介這麼認為是有理由的。

「那是啥？」

圭介在雨中的斜坡上問道。然而，辰也只默默折好布，塞進口袋。

「回家吧。」

辰也以圭介勉強能聽見的音量說。

「那個店員似乎要出門。」

圭介自然不反對。他歸心似箭，巴不得趕快回家擦乾身體。不，他想再洗一次澡。之後，里江會準備熱茶或熱可可吧，不過哥哥應該不會喝。他是不是該替哥哥泡一杯可可？圭介思索著，踏上回家的路。途中，他多次望向辰也放著布的褲袋。哥哥不時探進口袋，像要確認布是否安在。當時，圭介覺得那大概是衣飾品，尺寸較手帕略大，可當披肩或圍巾，亦可綁在腰上。但返抵公寓，走進玄關大門之際，圭介忽然改變想法。

「你的手受傷了嗎？」

看到辰也握著的門把染紅，圭介大吃一驚。哥哥似乎也很詫異，右手舉到面前，反覆檢視掌心及手背，卻沒發現絲毫擦傷或切傷。緊皺眉頭好一會兒，哥哥輕訝一聲，迅速瞄向腰際。只見褲袋附近暈染一層淡淡的紅。

「是褪色。」

哥哥以卡在喉嚨般的嗓音低語。啊，原來如此。圭介點點頭，暗暗推翻先前的認定。那塊流下坡道的布不是衣飾品，一弄濕就褪色的東西當然不可能用在人身上。

如同圭介偷偷預測的，一回到家，辰也無視坐在廚房餐桌前等門的里江的關切，直接走進房間。圭介則輕聲向里江交代事情始末，由於不曉得哥哥何時會出現，他只簡單地說，兩人到達後發現店已打烊，又前往店員的家，但對方不巧正要外出。

圭介重洗一次澡，回到房內時，辰也已換下濕衣服坐在書桌前，不過桌上空蕩蕩的。看見口袋染紅的褲子揉成一團丟在床上，圭介建議哥哥最好馬上清洗。一段不太自然的沉默過後，辰也才應道：

「說得也是。」

等了許久，卻只換來這樣的答覆。辰也再度面向書桌，盯著空無一物的地方。圭介突然察覺些許異樣，辰也的側臉流露未曾見過的強烈情感。一小時前走出家門的哥哥，與此刻的哥哥明顯不同，總讓人覺得不太舒服，心神不寧。

「危險。」

近前傳來提醒聲，圭介抬起頭，差點以為是辰也，然而只是穿同一所國中制服的學生。走在人行道上的圭介，只顧看著地面，不小心擋住對方。

「對不起。」

圭介低頭致歉，讓開路，等對方通過才回頭。剛剛那個人和哥哥同年級嗎？他們放學了吧？

放眼望去，左側綿延的綠色鐵絲網內便是校園。比圭介就讀的小學廣闊許多的球場，因昨晚的大雨變成一座巨大水池。

走到校門附近，圭介沿途又與幾名學生擦肩而過。他從人行道過馬路到對面，站在一間販賣教材的文具店前。只要躲在那裡的飲料自動販賣機後方，就能避開校門口投來的視線。

愈來愈多學生撐著傘步出校門，往左或往右離去。此時，背後似乎有些聲響，圭介回頭，發現寫著「販賣室內鞋」的玻璃門彼端，一名像店主的老人瞅著他。或許是對一直站在店頭的圭介心生懷疑，他伸長脖子窺探，控訴什麼般地蹙著眉頭，似乎馬上會出來問話。怎麼辦？先回家吧？說到底，自己為何要站在這裡？正打算離開，視野一隅出現一抹人影。那是個穿制服的短髮女孩，她斜撐著一把橘傘，帶著些許茫然的神情離開校門。

當下，圭介並未發現對方就是昨晚在蓮公寓前撞見的女孩，只覺得似曾相識。先是側臉，而後背影慢慢遠離，襯著昏暗的景色，校裙底下的白皙長腿彷彿將溶入雨中。圭介目光不自覺地追逐著她，驀然一驚。

一名男學生尾隨在她身後。明明迎面無風，他卻故意將黑傘前傾。但圭介因此清楚瞧見他的上半身，那顯然是辰也。於是，圭介確信走在哥哥前方的，就是昨夜那個女孩。名字應該是楓，蓮的妹妹——兩人同時映入圭介的眼簾時，他便毫無理由地如此認定。

還來不及搞懂自己的想法，圭介已邁出腳步。

大雨中，楓與辰也數度拐彎，周圍的國中生益發稀少，最後只剩下兩人。沒錯，哥哥在跟蹤楓，可是楓並未察覺。每當楓望向一旁，或聽到車聲而回頭時，辰也就會把黑傘壓得更低，遮住自己的臉。沿途，哥哥緊繃上半身，幾乎目不轉睛地盯著前方的楓，圭介從哥哥的背影就能明白。下一秒，若哥哥回頭發現圭介，會不會像今天早上那樣對待他？儘管沒來由地不安，圭介仍無法停步。飽含水分的腳步聲格外響亮，彷彿某人也尾隨在圭介身後。

圭介憶起昨天在「紅舌酒坊」辦公室裡的情景。

「……我是『紅舌酒坊』的員工添木田。」

蓮打電話到里江的公司時，辰也猛然抬頭看著蓮的名牌。現下回想，或許是聽見「添木田」，辰也才會那麼訝異，因為他認識同姓氏的人。但他怎麼認識的？是和蓮的妹妹上同一所國中的關係嗎？哥哥又為何要跟蹤楓？

不久，楓爬上昨晚的坡道。由於雨勢減弱，已不見路面的小河。相隔一段距離，辰也走上斜坡，圭介則在坡前的十字路口左轉，站在原地注視兩人的身影。

雨天頗為寒涼，圭介握著傘的手卻滲著汗水。眼前的景象沒什麼真實感，圭介恍若看著不安的電影一幕。楓微低著頭上坡，一步步往公寓前進，而對向的馬路旁，辰也拿著前傾的黑傘緊跟在後。

公寓外廊上，楓取出鑰匙打開其中一扇門。十公尺外，辰也望著楓踏進玄關。濛濛細雨中，她的身影宛如遭建築物吸入般消失。辰也筆直拿著黑傘站在原地，右肩垂掛著白書包，一動也不動。圭介同樣移不開腳步，儘管不斷告訴自己「走吧」，身體卻不聽使喚。

此時，一個彎著腰的瘦小老婆婆從左側空地走近。她瞅著圭介，縮口袋般的嘴開開闔闔，像是欲言又止，最後默默經過。然而，她隨即轉頭，盯著圭介幾秒後，返回問道：

「你在這裡做什麼？」

「呃……」

圭介迅速後退，移往哥哥回頭也看不到他的地方。消失在視野的風景中，他最後只瞥見哥哥走向公寓。

「你還好吧？」

圭介不明白老婆婆的意思，只能點頭表示不要緊。

「肚子痛嗎？」

老婆婆似乎頗擔心茫然佇立在雨中的圭介。於是，圭介搖搖頭，微微一笑。老婆婆露出有點可惜的表情，抿了抿嘴。難不成她希望圭介肚子痛？

「你能自己回家嗎？」

「嗯，我沒事。」

「是嘛……」

老婆婆「唔、唔」地點頭，邁步走開。不過，途中她又回望圭介一眼，似乎非常在意。

回家吧，圭介心想。不然，再不久辰也一定會發現。

圭介朝老婆婆輕輕點頭，隨即轉身離去。

圭介打開門，踏進空無一人的家裡。恍若遭大雨圍困，屋內每一角落都瀰漫著靜止的空氣。他甚至覺得那股寂靜已滲進牆壁、天花板、地板、桌椅，及碗櫃細小的縫隙。

圭介突然很想喝熱茶，於是放下書包，走到廚房拿茶壺燒水。他驀地憶起，自母親的喪禮結束，父親就經常泡茶，在那之前根本連溫茶都極少喝。泡好茶後，父親不會馬上啜飲，而是捧著杯子凝望虛空。

等待水滾之際，圭介腦海浮現今早發生的事。

「你看見了？」

辰也猛然推倒圭介。

「……我沒看見。」

那是謊話。

雖不盡然如此，不過有一半是假的。哥哥回頭前一刻，探向書桌的圭介瞄到筆記本右側。哥哥橫寫著一篇文章，字跡潦草且力透紙背。雖不確定內容，但文中有個醒目的字，深深烙印在圭介眼底。那是一個「殺」字。被哥哥推倒，望見天花板的瞬間，圭介不禁困惑，剛剛自己瞥見什麼？筆記本上寫著什麼？「殺」的前後文是什麼？腦海中，片片斷斷的文章攪成一團，幾乎快沸騰，隨即又流向他抓不到的地方。他不曉得通篇的意旨，也不曉得收件者是誰，不過有一點他能肯定。

那是封恐嚇信，毋庸置疑的恐嚇信。

這才是圭介不安的原因。

但，恐嚇的對象究竟是誰？辰也有什麼打算，今早又為何會露出那種眼神推開他？筆記本現下在房裡，他記得辰也收進書桌的抽屜。

趁辰也還沒回來，要不要偷看一下？

念頭一旦興起，就再難壓抑。翻找哥哥的書桌，取出筆記本攤開一看，會發現頁面上只有塗鴉，不由得嘲笑自己真無聊；還是會窺見恐怖的內容，筆記本從顫抖的手中滑落？兩種想像在圭介心底拉扯，任何一種都無法輕易抹去。最後，他下定決心打開房門，走近辰也的書桌。朝右邊三層抽屜的最上層伸出手時，他不禁屏息，再度回頭確認門已關妥。

——沒看到筆記本。

辰也明明將筆記本收進右上方的抽屜，但眼前只有隨意放置的規尺、筆和小刀。是下一層嗎？圭介拉出中間的抽屜，找到了，有筆記本三冊。他拿起最上面一本，快速翻閱，淨是一些難懂的數字排列及算式，√是什麼？不對，不是這一本。今天早上的是英文筆記本，頁面一端以原子筆畫的直線分隔，左邊抄有單字，右邊標注日文解釋。圭介瀏覽其餘兩本，可惜都不是。

他將三本筆記本歸位，關上抽屜。難道辰也帶去學校了？兩種想像皆落空，冰冷的不安依舊充斥圭介內心。如同滲進窗戶縫隙的水逐漸濡濕地板，不安緩緩在胸口蔓延。他很想大聲吶喊，拔腿逃跑，卻只能癱坐在哥哥的書桌前。

右邊三層抽屜中，底層最深，可收納大型物品。辰也會不會把筆記本藏在裡面？是不是擔心圭介偷看，所以更換地方？不願錯過任何微小的可能性，圭介伸出手，拉開一瞧，不禁垮下雙肩。抽屜內不見筆記本，只隨意疊著折好的T恤及短褲。圭介嘆口氣，正想關上時，突然一頓。

衣服為何會放在這種地方？不是一向都收在房內的歐式衣櫥嗎？

素面藍T恤和同色系短褲，雖然像運動服，可是哥哥穿過嗎？說到底，哥哥有這樣的衣服嗎？圭介拿起短褲細看，以哥哥的身材來講似乎有點小。他接著取過T恤，除了淡淡的汗臭味，還有一股陌生的柔香竄進鼻腔。乍見是素面的T恤，折疊在內側的部分卻有個白色圖案。不，那不是圖案，而是一塊縫在左胸附近的方布。原來是名牌，上頭用馬克筆寫著「須佐楓」。

這是誰？圭介皺眉凝視名牌。「須佐」該怎麼發音？他身邊不乏姓須崎（su-zaki）或佐藤（sa-tou）的同學，但沒人姓須佐。會是讀成「su-sa」嗎？至於「楓」……

「啊。」

雖然老師還沒教，但圭介曉得楓念成「kaede」。上學途經的公園長椅旁，種有一棵樹，牌子上印著「唐楓」，還標音「to-kaede」。

圭介又看了看T恤的名牌。

楓——是那個人，蓮的妹妹，剛剛辰也跟蹤的對象。

不，不大對。蓮圍裙上的名牌，確實寫著「添木田」。既然是兄妹，哥哥叫添木田蓮，妹妹叫須佐楓，未免太奇怪。

倏地，圭介想起蓮在「紅舌酒坊」辦公室裡說的話：

「你們家的情況……和我家很像。」

那是指父母再婚的事情嗎？搞不好是蓮的父親過世，或母親離婚後嫁給別的男人。圭介與辰也是父親續絃，維持原名即可，但換成是母親，小孩的姓氏就會改變。蓮與楓的母親大概是跟添木田這個人再婚，而他們以前姓須佐。須佐蓮，須佐楓。沒錯，圭介暗想，我還滿敏銳的嘛。

不過，楓的運動服為何在哥哥的書桌抽屜裡？圭介感到十分不可思議，莫非是辰也偷來的？哥哥連這種東西都偷嗎？實在有些匪夷所思。哥哥確實經常偷竊，不過那是為了打擊里江。他故意要讓里江難過，惹里江厭惡，特地將贓物放在里江觸目所及之處。倘若里江看不見，不就失去意義了嗎？藏在這樣的地方有什麼用？名牌上寫著「須佐楓」，表示不是最近偷的吧？應當是楓改姓添木田之前。

圭介將運動服放回抽屜，雙手環胸不發一語，腦袋充滿疑惑。然而，在這股疑惑底層，圭介察覺某種蒼白又潮濕的理解蠢蠢欲動，卻不清楚當中的意義。他心臟怦怦狂跳，體內有什麼直冒泡，拿起T恤時竄進鼻腔的微微汗臭味，以及不曾聞過的柔香似乎又飄浮在空氣中。此刻，窗外的雨仍下個不停。

「好燙……」

圭介完全忘記自己在燒水。當他以抹布包著變得非常燙的煮水壺柄，將滾水注入茶壺時，玄關大門開了。

「你回來啦。」

辰也對圭介點點頭便走進房間。他將書包隨手一丟，接著脫下制服，皮帶金屬扣鏘鏘作響。

「哥，要不要喝茶？」

圭介問，隔一會兒辰也才簡短應句「好」。圭介自碗櫃取出辰也的茶杯，正要添加熱水時，突然傳來一陣熟悉的聲響——有人在開關書桌抽屜。悄悄望去，從半開的房門縫隙看不見書桌。

「家裡好潮濕。」

換上灰色休閒服的辰也，皺著眉頭步出房間。

「打昨天起，雨就下個不停。」

圭介交替在兩個杯子裡倒入熱茶。

辰也一屁股往餐桌旁的椅子坐下，沒立刻就口輟飲，只靜靜注視雙手中的杯子，如同父親一樣。

「是說，昨天那兩人究竟在公寓前面幹嘛？」

圭介喝著茶，狀似閒聊地丟出話題。他暗想，或許能抽絲剝繭，找出哥哥尾隨楓的理由。才經過一天，圭介不認為哥哥的行為與昨天撞見的情景毫無關聯。這麼提出問題，辰也一定會有些反應吧，搞不好會主動提及今天跟蹤楓的事情，並解釋一番。

然而，辰也搖搖頭。「我不曉得，昨晚不是也講過？」

「嗯……是啊。」

圭介自然地附和。

「欸，你不覺得那女孩是店員的妹妹嗎？她看起來像國中生，會不會跟哥上同一所學校？」

圭介桌下的雙腳僵直。他垂下目光，耐心等待回答。許久，辰也才開口：

「也許我看過她。」

你不是還跟蹤她？

圭介帶著略微不甘與哀傷的情緒凝望哥哥，繼續問：

「在『紅舌酒坊』的辦公室裡，店員說他家的情況和我們家很像……那是什麼意思？」

出乎圭介的意料，這次辰也立即應道：

「沒有父母。」

他自己似乎也十分訝異，盯著茶杯的雙眼倏地瞪大，迷惘幾秒後，接著補充：

「我在學校聽過傳聞，那兩人一樣沒有雙親。雖然和父親一起生活，但並無血緣關係。」

辰也一次都沒抬頭。

「……你知道得真詳細。」

圭介勉強擠出這句話。辰也終於揚起臉，冷冷瞥弟弟一眼後，又低下頭。

當天夜裡，圭介因為床微微搖晃而醒來。以往偶爾會感到這樣的小震動，有一次他覺得奇怪，從下鋪出聲詢問，卻未獲得任何回應，只是床不再晃動而已。

哥哥在做什麼呢？

由於實在很熱，圭介踢開毛巾被，翻了一個身後，床倏地安靜下來。靜寂的空氣中，彷彿收縮著一股沉默。

圭介望向漆黑房間一角的書桌，放著那套運動服的抽屜略略敞開。

（二）他與龍的惡意對峙

doctor, farmer, teacher, scientist……母親還在世時，每到晚上蓮就常聽到這樣的喃喃聲。

那是從高聳書櫃及迪士尼卡通人物布簾隔間的另一頭——楓的房間傳來。布簾的圖案面向楓的房間，蓮只看得見模糊的米老鼠和唐老鴨，彷彿遭雨水蒙蔽視線。眺望朦朧的卡通人物，聽著楓的低語，蓮總不禁心生佩服。讀國中時，要是有背英文單字的空檔，他都和同學鬼混在一起。

cloudy, sunny, snowy, rainy……當時念國二的楓，早早就開始準備高中聯考。假如沒發生意外，現下她應該會加倍用功，以更好的學校為目標吧，說不定還會去上升學補習班。然而，由於母親的死亡，由於與睦男共同生活，那樣的未來已崩毀。

cold, colder, coldest……

good, better, best……

bad, worse……

worse……

「是worst吧。」

蓮一度想表現哥哥的風範，於是出聲糾正。不料，一陣腳步聲逼近，布簾被粗暴掀起，楓探出一雙黑眸，怒氣沖沖地說「不要吵我」。聽見蓮回一句「我只是告訴妳答案」，她脫口而出：

「你告訴我答案，那我還用學嘛！」

扔下蓮國中時代根本不懂的話，楓粗魯地掩上布簾。之後，蓮偷偷拉起布簾一角窺探，發現楓蓋著棉被，藉枕邊檯燈的光線，緊盯寫滿英文單字的筆記本，表情是蓮未曾見過的嚴肅。初秋深夜，公寓後方響起令人膽寒的細微蟲鳴。那座檯燈是蓮在楓上小學六年級時，送給她的生日禮物。銀相框裡放著國中運動會的照片，穿藍運動服的楓和同學笑得一臉燦爛。當時睦男已入住家中，蓮與楓也改姓添木田，不過照片上的楓仍別著「須佐」的名牌。對了，楓還嚷嚷著在學校弄丟那套運動服，是遭誰偷走嗎？現下一想，搞不好是睦男幹的好事，楓或許也有同感。

good, better, best……

bad, worse……

兄妹倆目前處於何種狀態？依舊深陷worse，今後還有更糟糕的事情等著他們嗎？一閉上眼，昨晚樹林裡的騷動便倏然浮現，睦男那對空洞的瞳眸定定凝視著他。

「阿蓮，心情不好嗎？」

半澤噘起河豚般的厚唇探過頭來，原本靠在櫃檯的蓮直起身笑答：

「沒有啊。」

「一臉憂鬱還說沒有。遇上討厭的事情嗎？」

若是那種程度的問題該多好。

「沒啥要緊的，我在想今天也很閒。」

「雖然不像昨天那麼慘，但實在很閒。」

半澤撥弄著鼻頭的痣，視線轉向店外。

「不過雨下得真大，我最近不是在大宮車站附近蓋大樓嗎？這期間工程延宕不少，簡直糟透了。」

「傷腦筋哪。」

「現在若想殺人，那棟大樓說不定是最佳選擇，畢竟雨天根本無人進出。需要的話就借你用。」

半澤笑容滿面地回頭，瞥見蓮的神情，隨即正色問道：

「……真的沒事嗎？是不是碰到什麼麻煩？」半澤擔心地傾身向前，「又跟你父親有關嗎？」

半澤壓根沒察覺自己的話多麼逼近現實。

「我才不會為那傢伙在上班時間悶悶不樂。反正他一天到晚關在房裡，也不曉得他究竟在不在家。」

為防萬一，蓮沒忘記先設下防護線。

「是嗎？那就好。」

用來搬運睦男的車已開回停車場，並趁昨晚沖掉泥土、拭乾雨水，徹底清理乾淨。至於包裹睦男屍體的毛毯、壓縮袋、電熱水瓶及鏟子，則分散棄置在回程途中行經的各處垃圾場。垃圾場已夠雜亂，多幾樣東西也不奇怪。雨水將附著在電熱水瓶上的睦男血跡沖得一乾二淨，外觀就像一般報廢的電器用品。他們做得很好，既沒引發車禍，也沒人撞見埋屍的過程，順利抵達家門。只不過……

「來清點燒酒的庫存吧。」

「了解。」

楓的領巾在哪？那條勒住睦男頸項，沾染他頭部鮮血的紅領巾。

他們究竟是成功，還是失敗？

「從薯類開始。華奴，兩瓶；利右衛門，三瓶；晴耕雨讀，一瓶。」

「……一瓶，好的。」

將酒名與數量寫在從辦公室拿來的筆記本上，蓮的腦中仍下著昨晚那場雨。睦男浮現在手電筒燈光下的面孔、混濁的眼神、脖子上消失的領巾，蓮強烈感到有股不對勁朝自己和楓步步近逼。

「接著是麥類。兼八，兩瓶；百年孤獨，三瓶。」

「三瓶，好的。」

「米類。文藏四瓶，卓越之醑……高級米燒酒果然賣不出去，有六瓶。」

「六瓶。」

「啊！」半澤突然瞪大圓框鏡片下的雙眼，發出驚呼。「阿蓮，你那本筆記的第一頁是不是寫著什麼？」

「嗯。」

「你撕掉了嗎？」

「沒有，還在這裡。」

蓮翻到上側折角的一頁。

「好險……那是要買給翔子的ＣＤ清單。昨天在電視上看到一群人在唱歌跳舞，很像她會喜歡的那一型，我便記下團名，打算送她唱片。唔，叫啥名字來著？」

頁面上潦草寫著「放浪兄弟」。

「太好了，你沒撕掉。」半澤感動地說，「阿蓮真是理想的員工，該做的全會做好，不該做的也不會亂做。」

哦呵呵，半澤怪笑著轉向燒酒，加贈似地補上一句「今後也多多麻煩嘍」。

「繼續吧。接下來輪到黑糖類，龍宮，一瓶；昇龍，一瓶。黑糖賣得不錯，不曉得為啥？最後是泡盛酒，琉球經典，兩瓶；沖之光……」

「店長，」蓮邊記錄邊提問，「你每天都過得很幸福嗎？」

他幾乎是下意識脫口而出。

「呃……怎麼啦？」

「對不起，沒什麼。」

蓮急忙收回，不過半澤卻一臉認真，雙手環胸答道：

「嗯，非常幸福。我有老婆和女兒翔子，而且她們都十分健康。」

見蓮沉默點頭，半澤轉身面向他，接著說：

「不過，正因曾歷經不幸福的時期，現下才會感到如此幸福。我是這樣想的。」

語畢，半澤目光略略低垂，彷彿在反芻自己的話。

「你的意思是？」

這個戴圓框眼鏡、看似一生順遂的半澤，也有過難熬的日子嗎？

「發現老婆外遇時，我痛苦得不得了。」

咦，蓮抬頭看著半澤。他不曉得半澤的這段過往。

「那男人是我老婆的同學。我在家裡看到照片，他比我帥、比我瘦……一回過神，我居然拿剪刀不斷猛刺。當下，我實在覺得自己很恐怖。」

原來半澤也有這一面？彷彿突然遭人從背後捏住耳朵，蓮帶著複雜的情緒凝望老闆。所謂的人——所謂的家人，真是難懂。

從店後頭的空地走進去，就能找到半澤的住處。幾次下班後，蓮曾靠近那棟雙層房子，毫無意義地眺望透出窗戶的燈光。溫馨的黃色燈光彼端傳出電視節目的聲音，偶爾會聽見流行女歌手的歌聲。一直以來，蓮都覺得那裡充滿幸福，內心非常羨慕。

然而，實情似乎並非如此。

「之後呢？」

「你是想問，我老婆和那男人的結局嗎？」

分了，半澤揮揮厚實的手掌。

「她最終還是回到我身邊，現下我們可是人人稱羨的恩愛夫妻。」

半澤說完，忽然一臉落寞，但仍帶著殘留頰面的笑意喃喃道：

「我不久後就會瘦下來，變成帥哥。」

丈夫與妻子，孩子們與繼父。

彼此雖無血緣相繫，卻都應該是家人。

我們究竟做了什麼？蓮凝視半澤的側臉陷入沉思，不過當然不可能獲得解答。

平常回家時，玄關大門都沒鎖，當天卻鎖得嚴實，應該不是故意的吧。蓮想像妹妹下意識從內側上鎖的心情，從肩背包取出鑰匙。

楓一如往常地準備晚餐，然後，一如往常地與蓮面對面吃飯。誰都沒提起睦男，他們深知胸口不斷膨脹的不安，隨時可能遭不小心的一句話刺破。

「下個月就到妳生日了。」

「嗯，我將要滿十五歲。」

兩人平靜地閒聊，沒太多抑揚頓挫。只是，誰都沒看著對方，偶爾不經意視線交會，便像撞見幽靈般僵著臉，錯開眼神。天花板仍沒換下壞掉的日光燈，廚房有些昏暗。

「想要什麼嗎？CD之類的？」

「不用了，不需要專程去買。」

「是嘛？」

十五年前，母親為十月底出生的她取名「楓」，據說那是秩父山染上楓紅的時期。十九年前的夏天，母親替第一個孩子命名「蓮」。剛蹦出母親肚裡的蓮胖嘟嘟，膚色略帶粉紅，揮舞著手腳哭得很淒慘的模樣，像極附近公園盛開的蓮花。

須佐蓮。

須佐楓。

每次想起「須佐」這個不會再說出口，也不會再寫上的姓氏時，蓮腦海便會浮現一段回憶。

國二時，蓮的桌上從不放課本，總故意眺望窗外的風景，偏偏有位男老師硬要裝得若無其事。他戴著黑框眼鏡，眼角有點下垂，長得很像漂流者（The Drifters）的成員仲本工事。不幸的是，他還姓高木，等於結合兩個漂流者成員，所以學生暱稱他為「布本」（註）。負責教國語的他，偶爾要蓮念課文時，蓮都揮揮手表示「我沒課本」，他只好一臉無可奈何地指名別的學生。這樣的情形發生過數次，但他從未責備蓮，也不會表現出理解的態度試圖拉近與蓮之間的距離，僅一視同仁地對待蓮。這無疑是宣告他並不把蓮放在眼裡，深深傷害著蓮所剩不多的自尊心。

然而，有一次高木不慎失誤。

「這條恐怖的八岐大蛇吃掉村裡的姑娘。」

那是在教《古事記》或《日本書紀》的課堂上。

「素戔嗚尊砍下八岐大蛇的首級，一個、又一個……總共八個頭，櫛名田比賣因此保住性命。另有一說是落敗的八岐大蛇逃脫後，娶了富豪的千金，生下酒吞童子。至於戰勝的素戔嗚尊，則如願與櫛名田比賣結合，不愧是英雄。」

高木以熟練的口吻淡然地教課。

註：ザ・ドリフターズ（The Drifters），原是日本一樂團，後以演出短篇喜劇聞名。現任成員為加藤茶、志村健、高木布、仲本工事。

「素戔鳴尊的名字不太好寫，且根據不同文獻，寫法各有差異。」

高木在黑板上一筆一劃整齊寫下「素戔鳴尊」及「須佐乃袁命」。

「『須佐』一詞的由來很多，不過就其『狂風暴雨』的涵義，代表『暴風雨之神』的說法較有力。」

此時，不少同學偷偷瞄向蓮，幾個男生則一臉無趣。蓮為與古代神祇之間有這麼酷的共通點激動不已，但並未表現在外。

「啊，對了，你姓須佐吧，說不定和神明有血緣關係。」

高木語調戲謔，話音剛落隨即流露懊惱之色。他察覺自己太掉以輕心了。

慢慢湧現的優越感讓蓮一陣興奮。再小看我嘛！在這場毫無意義的較勁中，蓮首度獲勝。不知為何，那一刻的心情，蓮至今仍記憶猶新。

「……妳失眠嗎？」

深夜醒來，蓮輕聲問道。明明就寢時房內一片漆黑，現下隔間布簾彼端卻隱約透出亮光，似乎是開了床頭燈。

毫無聲息。楓該不會點著燈就睡著吧？

「……楓？」

蓮以不會吵醒她的音量呼喚，邊走近布簾，終於聽見回應。她不像睡迷糊，話聲意外清晰。

「我在想點事情，馬上要躺下了。」

楓的回答夾雜折疊薄紙的窸窣聲，接著似乎有東西擦過榻榻米。布簾另一頭，燈光猛地搖晃一下。

隔天早上，外面仍舊陰雨綿綿。

楓去學校後，蓮走進妹妹的房間。窗簾雖已拉開，室內依然十分昏暗。眼前可見塑膠製的小梳妝臺、用了很久的粉紅梳子，及生日禮物的相框。相框裡的照片，不知何時從運動會換成微笑的母親。

蓮輕輕拿起放在榻榻米上的檯燈，底下出現一張對折多次的紙，像是從橫線筆記本撕下的。

昨晚，聽到哥哥的叫喚時，楓藏起這張紙。

蓮跪著打開紙條。

我知道妳殺了人。

我握有證據，

隨時都能交給警察，

若不希望我報案，就乖乖聽話。
不准告訴任何人，
包括妳哥哥。

蓮的視野中只剩下那張紙，背景瞬間消失。
凌亂的鉛筆字跡橫寫的六行內容，在蓮手邊窣窣顫抖。喉嚨深處突然一陣噁心，蓮呻吟著隻手撐在榻榻米上，抓住紙條的另一手不停震顫。微張的嘴裡發出無意義的聲音，彷彿老舊水井的吊桶發出的嘎吱聲，不斷迴盪在耳際。
果然，情況還不到「最糟糕」。
倒楣的他們正遭黑暗深淵吞噬。潮濕的巨大內臟蠕動、蠕動、再蠕動，要將蓮和楓送往絕對無法回頭的地方。
「為什麼……」
為什麼厄運總是找上我們？
蓮的左手發出刺耳的嘰嘰聲緩緩縮起，指甲幾乎要刺進榻榻米表面，紙條從右手中無聲無息滑落。
驀地，他想起前天透過「紅舌酒坊」窗口瞧見的龍。露出獠牙瞪視蓮的那條龍，莫非就是等待著他們的命運的模樣？

「果真……」

果真如此。

——素戔嗚尊砍下八岐大蛇的首級。

若不幸與霉運果真如此瞪視他們，企圖吞他們入腹。

——櫛名田比賣保住性命。

蓮倏然起身，猛力扯開隔間布簾。固定在書櫃與牆壁上的圖釘脫落，布簾啪一聲掉在榻榻米上。蓮跨過布簾走向壁櫥，拉開櫥門，探進收著破銅爛鐵的紙箱，想找出那把折疊小刀。國中時他總是隨身攜帶，卻從未使用，也不曾打算用的小刀。前天夜裡他一度翻出，又放回箱中的小刀。

必須面對。

必須對抗。

為了不讓命運吞噬，只剩下這個方法。

（三）因為恨她，龍於焉誕生

「那天夜裡，辰也做了什麼？」

昨晚睡前，里江在廚房問圭介，眼神透露著單單開口便讓她備感煎熬。她非常在意前天辰也和圭介外出一事。

「我沒告訴妳嗎？」

不，圭介說過。為了道歉，他與辰也前往「紅舌酒坊」。可是抵達時店已打烊，他們只好改去店員家，不巧店員正要出門，最後只得放棄回家。圭介重述一遍，里江卻搖頭打斷他的話。

「洗衣籃的褲子染有血跡，你們出去前沒沾到那種東西吧？辰也不肯透露，外表也不像哪裡受傷。」

圭介差點失笑，但仍強忍著為她解惑。

「那不是血，哥哥撿到一條會褪色的怪布。」

「……是嗎？」

里江輕輕嘆口氣，神色逐漸和緩，隨即又一臉擔憂。

「不過，怎麼瞧那都是血，聞起來有腥味。」

「呃，」這下換圭介注視著里江，「那麼，果然是血嗎？」

里江不確定地搖搖頭，手按著胸口，垂下目光。

究竟怎麼回事？那真的是血跡嗎？若然如此，那塊紅布到底是什麼？殘留血漬的布為何會流下斜坡？辰也為何撿起那塊布，還特意塞進口袋帶回家？

圭介勉強一笑。「反正和哥哥無關不就得了。在路上撿到的垃圾就算沾到汙漬，也跟哥哥……」

完全無關嗎？

「一點關係也沒有。」

真的是那樣嗎？

里江的表情漸漸放鬆，相反地，圭介的內心卻瀰漫著乾冰散發出的白霧般，隱隱約約的不安。

那天晚上的實情究竟是如何？

蓮與楓搬運的大型行李。順著積水流下的那塊染血的布。將布撿回家的辰也。早晨，哥哥寫在英文單字本上的疑似恐嚇信的內容。

此刻，暗地裡到底發生什麼事？

今天還是下著雨。

平常備妥早餐就先一步出門的里江，不知為何還悠哉地待在家裡。桌上擺著加了罐頭蟹肉的沙拉、炒蛋、特地現榨的葡萄柚汁。之前大多只有吐司和荷包蛋。

「上班不會遲到嗎？」

圭介悄悄地問。里江告訴他，今後會晚一點去公司。

「報紙上說，早餐不好好吃，腦筋就無法正常運作。為了不讓你們在學校發呆，我們家的早餐也要升級。」

圭介將那份升級的早餐吃光光，而雙眸略顯空洞的辰也，所有的菜都只碰一點點。趁里江離開餐桌，圭介把哥哥剩下的食物全掃進肚裡，翻著白眼背起書包。

里江開朗地說著話，送哥哥出玄關。對晚一步去學校的圭介，里江也叨念「下雨天要小心車子」、「營養午餐不能剩」之類的，叮嚀一大堆。

早晨短暫的相處中，里江始終面帶微笑。

然而，不知為何，當天上課時，圭介心中的里江一直在掉淚，耳際不斷傳來水龍頭漏水般的微微啜泣聲。

下午兩點放學回家後，圭介泡茶端到客廳，打開電視。

他坐在矮桌前，拿遙控器隨意變換頻道，重播的連續劇、八卦節目、旅遊節目掠過眼簾。偶爾轉到笑聲四起的片段，就停下看一會兒，等笑聲結束又切到另一個頻道，幾乎是下意識的舉動。由於自己笑不出來，所以想聽別人的笑聲。

按下遙控器上的數字「3」時，畫面湧出孩童的喧鬧聲。幼稚園裡，一名穿緊身綠衣褲及紙製鎧甲的瘦削中年男子，左手拿大氣球，右手……那是什麼？外觀像細長的竹籤。他抓著那根東西慢慢靠近氣球。

「會破啦。」

「很危險耶。」

啊啊，原來如此，圭介暗自竊喜。二年級的同樂會後，圭介曾偷偷向朋友學這套魔術。那個穿緊身衣褲的人，接著便會以竹籤刺氣球，但氣球不會破。為什麼？因內側已預先貼上膠帶。

果然不出圭介所料。

「騙小孩的把戲。」

圭介再度轉臺，連續劇、八卦節目、旅遊節目，一點都不有趣，還是看錄影帶吧。他瞄向電視下方的錄影機，黑色電子顯示螢幕上亮著扁臉的機器人標誌，那表示裡頭放有錄影帶。圭介切換螢幕，按下錄影機的播放鈕，畫面上出現影像。

「啊……」

圭介腦袋霎時一片空白。

陽光明媚的海邊，人潮擁擠。

「我來拍媽媽。」

尚未變聲前的辰也說道。搖搖晃晃的畫面中央，映出連身藍泳裝、黑髮，及鮮少曬太陽的蒼白手腳。

「媽媽……」

眼前是兩年前在千葉海濱拍攝的影像。之前究竟收在什麼地方？母親去世，父親也走了後，圭介和辰也非常需要這段影片，但錄影帶連同播放時必備的ＶＨＳ轉接器消失不見，遍尋家中都找不到。雖然問過里江，可是她回答「不知道」。圭介還記得她眼底閃過一抹空洞的困惑之色。

原來在里江那裡嗎？

是她藏起的嗎？

今天里江不似往常很早就出門，還在玄關目送圭介和辰也上學。儘管不清楚原因，或許里江在他們離家後，曾拿出藏匿的錄影帶觀看。

螢幕上，母親的背影漸漸遠離，她正前往船屋買刨冰。接著，出現里江幫母親點餐的小小身影。里江微笑應對，母親卻沒望著她。當時的奇妙感受在圭介心底復甦，不知為何，他很不喜歡看兩人會面的情景，甚至有些恐懼。明明母親早就不在世上，而里江也已成為他們的新媽媽。

圭介還記得，由於無法壓抑心中的厭惡及恐懼，他從兩人身上移開視線。但是，現下他不能那麼做。這兩年他成長不少，不論是母親的死，或里江的事情，都能全部接受。他得把這段影片視為單純的回憶，以懷念的心情對待。於是，圭介目不轉睛地盯著畫面。

雖然聽不見聲音，但里江指著海邊，似乎在與母親交談。而後，母親望向里江所指的地方，在胸前搖搖手。鏡頭並未拍到母親的嘴形，不過那像是表達「不行」、「沒辦法」之類的動作。里江又說了些話，母親雙手垂落身側，下顎微縮，彷彿在點頭附和。

里江遞出兩碗刨冰，母親接過後轉身。此時，畫面逐漸變暗。偷偷使用攝影機的哥哥看到母親走回來，趕緊關掉電源。

之後畫面一片漆黑。母親去世後，誰都沒再碰過那臺攝影機。

看著久違的母親身影，圭介心情非常激動。會動的母親、還活著的母親，然而，不到一小時，這樣的畫面便永遠靜止。最後，纖細的身體被火化，放進白色骨灰罈。

圭介躺在地上，閉起雙眸。剛才看到的燦爛夏陽浮現眼底，窗外傳來雨聲。是啊，假如那天一樣是雨天，他們就不會去海水浴場，母親也就還會留在這世上……

「不。」

圭介起身。那不是天氣的錯。

殺害母親的是他。

「真希望媽媽早點能下水。」

圭介不經大腦地脫口而出後，母親陷入沉思，凝望著海岸線，不發一語。辰也和圭介吃完刨冰時，母親仍維持那樣的狀態。不久，她突然起身。原以為是要去買東西或洗手間，沒想到她竟拿著泳圈，微笑對兄弟倆說：

「我去找你們爸爸。」

父親當時獨自在海上游泳。

辰也悄悄丟了個眼神給圭介，疑惑著「媽媽能下水嗎」。圭介當然也有相同的心情，他抬頭望著母親，正打算開口，母親已蹲下，似有若無地碰碰他的頭。至今，圭介仍記得那溫柔的觸感。

「不用那麼擔心。」

而後，母親拿著泳圈走下沙灘。踏著浪花的母親身影非常自然，彷彿相當習慣海水。只見她繼續散步似地，慢慢將身體浸入水中。

仔細回想，那是母親的演技。其實母親很害怕，儘管不放心自己的健康情況，卻想抹去圭介的不安，才會決定下水。因為圭介擔憂她的心臟。

先是雙足消失在海裡，接著是腰部。母親拿高泳圈，套過頭和雙手後輕輕前進，稍微減緩速度……又輕輕滑過水面。雖然不很順暢，但只要有泳圈，母親多少能游一段距離。

隨著母親逐漸遠離的形影望去，遙遙前方看得見父親。

「媽媽沒問題吧？」

「不要緊，她帶著泳圈。」

「可是，就算有泳圈……」

海水本來就對母親的身體不好吧？打上岸的水較溫熱，但一到深處，難免會遇上冰冷的水流，心臟承受得了嗎？圭介暗暗憂慮。

然而，事實超出兩人的預料。不是仰賴泳圈就安全無虞，也不是冰水增加母親心臟的負荷。

母親游向父親的途中，他們發現情況有些不尋常。那一帶泳客寥寥無幾。

「哥，媽媽好像在看水底。」

母親停在海面上，不斷四處張望。她頻頻轉頭，雙手找東西般在泳圈周圍摸索。看著那詭異的情景好一會兒，辰也「啊」地一聲倏然站起，圭介不禁跟著起身。母親的動作益發激烈，她在做什麼？究竟發生啥事？

「泳圈……」

辰也喃喃低語。圭介瞇眼凝視，泳圈不大對勁。

「那是彎曲的。」

「咦？」

如同哥哥所言，泳圈明顯變形。母親套在上半身的泳圈，在雙臂下折成「く」字。

「空氣……」

辰也啞聲囁嚅，眼角餘光瞥見父親往母親游去。母親劇烈揮舞雙手，完全喪失冷靜。父親加速趕到母親身旁。

「危險！」

辰也驚呼一聲。母親緊抓父親的肩膀，父親頓時沉入海中。不久，隨著一陣水花濺起，父親浮上海面，不斷和母親說話。母親攀住父親的脖子，父親的臉栽進海裡，隨即抬起頭，繼續出聲安撫。但母親更狂亂地揮動雙臂，想抓牢父親。一陣水花飛濺，兩人的身影消失又出現。不知何時，母親停止掙扎。圭介猜想，大概是母親終於聽懂父親的意思，漸漸冷靜下來。站在旁邊的辰也吐了長長一口氣。

只是，母親並非恢復冷靜。

她的心臟不再跳動。

幾經折騰，父親邊叫喊，邊將癱軟的母親拖到岸邊。途中一名穿紅色救生衣的年輕男子見狀，立刻伸出援手。周遭遊客鴉雀無聲，屏息注視事態發展。和剛下水時一樣，母親上半身套著泳圈，雙手垂落前方，臉則側向一邊，並未浸到水。那模樣簡直像掛在泳圈上的人偶，根本不像母親。圭介不哭不鬧，只茫然望著眼前的光景，或許就是這個緣故。

泳圈裡的空氣沒漏掉太多，還剩七成左右，足夠讓母親浮在海面。實際上，父親便是利用泳圈支撐母親，帶她游回岸邊。

之後，父親到船屋取回寄放的泳圈時，才查出漏氣的原因似乎是橡膠接縫處有個小破洞。母親那邊的親戚原打算控告製造商，但泳圈是中國製，日本的代理商也早就倒閉。不過，即使廠商沒倒，大概也告不成。畢竟泳圈並未大量漏氣，母親若不是那麼驚慌，心臟應該不致停止跳動。

不，不是的。

「真希望媽媽快點能下水。」

假如圭介沒講那種話，母親就不會死，就不會永遠闔上那雙慈祥的眼睛，現下仍會好端端地活著。

圭介忍住盈眶的淚水，拿起遙控器。

他想再看一次母親的身影。

按下倒轉鍵，圭介赫然發現錄影帶最前頭另外錄有一段短短的畫面。

「妳拍這個做什麼？」

房間裡，父親盤坐著朝鏡頭苦笑。他把要帶到海邊的東西塞進行李袋，包括蛙鏡、野餐墊、蚊蟲藥、浴巾、毛巾、煎餅，及那個泳圈。

「今天全家要去海邊。」

攝影機旁傳來母親的話聲，掌鏡的是母親。

「爸爸在做行前準備，非常辛苦。」

父親邊整理袋內，邊繼續放入必需品，一手舉到肩上揮了揮，表示不辛苦。最後，單獨入鏡的父親大概是不好意思，忽然想起重要事情般地抬起頭，說道：

「別忘記準備麥茶。」

於是，這一幕隨著母親帶笑的回應結束。

下一個出現的場景已是海邊。圭介獨自站在稍遠處，低著頭撥弄腳下的海水。圭介現在的個頭不算高，當時更矮小，但學校指定的泳褲已有點緊，遠遠都能清楚看到股溝。周圍十分熱鬧。攝影機旁傳來「呼啊啊」地用力吐氣聲。

「……不曉得到底有沒有吹進去。」

此時，鏡頭開始移動，尚未對焦前畫面一片模糊，不久，突然映出父親的特寫。野餐墊上，父親穿著及膝的海灘褲盤坐，腿上放著那個泳圈，似乎在吹氣。母親待在一旁，那麼拿攝影機的是辰也嗎？

沒錯，他還記得，就在這個場景前，母親說要幫忙吹氣。

「不過是吹個泳圈，死不了的。」

這句玩笑話讓圭介非常不安，他立刻阻止母親。於是，母親順從地將泳圈遞還給父親，由父親負責吹氣。不忍心看見母親放手後哀傷的神情，圭介稍稍走遠。那就是此段影片的開頭。

忽然間，響起一道話聲：

「要不要幫你們打氣？」

攝影機不靈活地移動，意外映出里江的身影。她拖著橡皮艇站在砂丘上，單手遮擋豔陽，笑容不像現下這樣疲憊，臉頰也較豐腴。

「我正要替小艇充氣，假如你們需要，可以順便幫泳圈打氣。」

穿海灘鞋的里江踩著沙子靠近，向父親伸出雙手。瞬間，鏡頭捕捉到她左腕上的藍色粗手環。

「那就麻煩妳，不好意思。」

父親將泳圈遞給里江，母親眼角帶笑沒作聲。野餐墊上，母親柔順曲起的白皙雙腿，與里江短褲下的小麥色雙腿形成對比。

「我馬上拿打氣筒過來。」

里江單手抓著泳圈，走回暫放橡皮艇的地方。離開之際，海灘鞋揚起沙子，弄髒了側坐在野餐墊上的母親膝蓋，但里江完全沒發現。散落在母親蒼白肌膚上的沙子，一顆顆顯得特別清晰。

「她的工作挺雜的。」

不知為何，父親的語氣像在替自己找藉口。

「待人倒是不錯。」

父親啪地攤開毛巾，幫母親拍掉沙子。母親則面無表情地追著里江走向船屋的背影，一句話也沒說。這一幕就在此結束。

畫面消失一會兒，又出現先前看過的買刨冰片段，於是圭介關掉錄影機。

原來在他沒注意到時，發生過這樣的插曲。吹飽泳圈的不是父親，而是里江好心拿船屋的打氣筒幫忙。其實也沒什麼，那只是證明有過這種事的影片，只是無關緊要的家庭紀錄。

可是……

腦海裡有種混沌不清的感覺。

圭介雙手放在矮桌上，直盯著自己的鼻尖，窗外不曾停歇的雨聲再度竄進耳裡。泳圈、里江、船屋、空氣，影像在心底纏繞。

那又如何？幫泳圈灌氣的是里江有啥不對？

「會破啦。」

「很危險耶。」

無關緊要的影片。

「無關緊要。」

圭介試著出聲。他原想藉此掃除腦中的混沌，可是一旦脫口而出，卻讓那片迷霧更加濃厚。蠢蠢欲動的念頭似要凝聚，隨即又分散，如成群飛蟲振翅盤旋。泳圈、空氣、沉沒……小船沉沒。腦中迷霧不知何時形成一艘小船，載著鮮豔的和服，猶如那個故事，辰也告訴他的藤姬傳說。公主划船橫渡沼澤，不料繼母悄悄在船身挖了小洞，於是小船沉沒，藤姬變成龍。藤姬遭到謀殺，**繼母**謀殺藤姬。

「無關緊要……」

雙手脫離圭介的意志，緩緩緊握。船屋的場景中，里江指著大海與母親交談。母親邊搖手邊回話，但最後仍微斂下巴，點點頭，像是接受對方的意見。

「要不要去找妳老公？」

不可能聽見的談話聲迴盪在圭介耳朵深處。

「不行，我不會游泳。」

「不是有泳圈嗎？沒問題的。」

對吧，沒問題的。

我幫妳把氣充飽了。

「氣球……」

圭介不禁聯想到那套預先在氣球內側偷偷貼膠帶的魔術。

假設——真的只是假設，稍稍弄破泳圈的接縫處，再以膠帶之類的東西封住，會引發什麼後果？帶這樣的泳圈下水又會如何？

會如何呢？

驀地，圭介腦中一隅掠過某樣藍色物品。

那是啥？感覺十分眼熟，像不久前才看過。

「是剛剛的……」

他拿起遙控器倒帶。買完刨冰的母親在畫面中後退，拿著兩個杯子的背影接近船屋，然後退回大陽傘前方。場景在此切換，父親取毛巾輕拭母親膝蓋……再往前……再往前一點……

就是這裡，圭介按下播放鍵。

「假如你們需要，我可以順便幫泳圈打氣。」

里江向父親伸出雙手，打算接過泳圈。

「那就麻煩妳，不好意思。」

看到了，圭介將影片倒轉幾秒。

「假如你們需要，我可以順便幫泳圈打氣。」

就在這之後。

「那就麻煩妳，不好意思。」

畫面停格。圭介靠近螢幕，緊盯里江左腕上他誤認為粗手環的東西。

那是捲藍膠帶。

(四) 因為愛她，龍採取行動

連日來的陰雨，讓校舍牆壁及地板顯得格外潮濕。

「楓，妳在幹嘛？」

午休時，楓一直待在走廊眺望窗外，於是同學站到她身旁，順著她的視線看去。

「沒幹嘛。」

楓為脫口而出的責怪語氣一驚，連忙確認對方的表情。幸好對方並不在意，仍如往常般笑說：

「體育課改在體育館上，快點換衣服吧。」

接著，同學便走進教室。

單獨留在原地的楓，目光默默移回窗外。從剛才她就定定望向那座山，兩天前夜裡和哥哥一起埋葬睦男屍體的那座山。

他們是什麼時候遭到目擊？怎會被發現？領巾消失在何處？那封寫在橫線筆記本頁面上，鉛筆字跡刻意潦草的恐嚇信究竟是誰寄的？

我知道妳殺了人，
我握有證據，
隨時都能交給警察，
若妳不希望我報案，就乖乖聽話。
不准告訴任何人，
包括妳哥哥。

昨天傍晚，楓外出買日用品回家時，發現那封信和寄給睦男的文宣廣告一起放在公寓的信箱裡。

楓沒告訴蓮，雖然遲早得向他坦白，但她一時無法下定決心。由於信上威脅不能告訴蓮，當下她不敢有所違逆，便趁昨晚將信再三對折壓在檯燈底部。藏在那裡蓮應該不會發現吧。

「證據」果然是楓那條消失的領巾嗎？還是對方握有其他物證？怎麼辦？她究竟會被逼進怎樣的絕境？胸口蓄積著冰冷的水，且分秒不斷增高，不久就會溢出喉頭。

閉上雙眼，再緩緩張開，楓離開窗邊步入教室。男同學在隔壁換衣服，裡面只剩女生。她換上體育服，低頭看向藍T恤胸前那塊縫著「添木田楓」的名牌。

母親與睦男結婚後，「須佐楓」的名牌仍留在體育服上好一陣子。那只是忘記更改而已，母親洗衣服時也不曾覺得不對勁。某天體育課，楓在前往操場途中經過廁所，瞄了眼鏡子，才注意到這一點。她打算趁週末重縫，體育服卻突然不見。所以，不光名牌，連體育服都全部換新。

楓的友人之一推測應該是男同學偷的。

「為什麼要偷我的運動服？」

楓單純地問，同學皺眉答道：

「大概是拿來聞吧。」

當時楓只覺得心裡不舒服，現下卻莫名感到恐懼。前天，她才被迫以可怕的形式，體驗被視為那種對象的現實。

體重。喘息。腕力。

僅是憶起就讓她想死。

楓踏出教室，和幾個同學一起下樓。在通往體育館的那條沒牆壁的走廊上，楓瞥見一個男生。下著雨的操場後方，唯有他一身短袖襯衫，顯得格外醒目。

那是誰？似曾相識的面孔，但不曉得名字。從他的室內鞋顏色推測，應該是二年級。起初，楓以為他低著頭，靠近一瞧，才發現那只是裝個樣子。其實他是藉劉海的掩護，抬眼梭巡經過的體育服女生。好噁心，大夥似乎都有同感，若無其事地走過後，便回頭竊竊私語。有人故意用對方聽得見的音量出言諷刺，他明明聽在耳裡，卻仍待在原地。楓收回視線，從他面前通過。

那一瞬間，傳來微弱的喘息聲。

楓覺得有種無形之物猛然攫住自己。

上完第六節課，楓背著書包走出教室。在鞋櫃前彎腰換鞋時，突然有誰撞上她的肩膀。她「啊」地驚呼，失去平衡，連忙單手撐住地面磁磚。

「……對不起。」

男子的話聲傳來。

抬起頭，楓不禁全身一僵。

剛剛站在通往體育館廊上的男生，出現在她眼前。

「抱歉，我分心在看旁邊。」

那是毫無抑揚頓挫、微帶沙啞，不易聽清楚的嗓音。他直盯著楓，屈身從口袋拿出面紙。

「妳的手弄髒了，請擦一擦。」

說話時，他始終沒移開視線。由於對方朝楓胸前遞出面紙，楓右手反射性地遮擋，乍看像要伸手接過。楓以眼神道謝，很快拭淨髒汙。

「我拿去丟。」

他取過沾上些微泥巴的面紙，對折放進口袋。那是雙有點粗糙，骨節十分明顯的手。他挺直身體，抿著嘴，幾秒後開口：

「雨真的下不停耶。」

楓無法回應他。

並非為唐突的搭話感到困惑，而是掠過腦海的幾幕情景讓楓心生害怕。以往，她曾數度與這個眼神冷冽的高瘦男生目光交錯。早晨上學途中、全校集會、運動會的加油席……對，運動會照相時，不也感到相同的視線？先前放在相框裡的運動會照片，拍到一個在稍遠處直盯著楓她們的男同學，那確實是他。楓十分在意，沒多久就換上母親的照片。

這個人，這雙眼睛——最近一次遇上他的視線是在何時，楓記得很清楚。

昨天放學後，下著雨的返家路上。快要抵達公寓時，楓不經意回頭，後方的男生突然把傘打斜，擋住面孔。不，楓當下沒想到他是故意遮掩，以為那只是巧合。他的臉消失在傘後的瞬間，楓對上他的瞳眸。

那也是這個人，絕對沒錯。

「妳在煩惱什麼嗎？」

他注視著楓發問。楓往後退，輕輕搖頭說：

「沒有啊，我很好。」

但他恍若未聞，繼續道：

「我可以幫妳。要是碰到無法解決的事情，隨時都能來找我。」

這番突兀的話，讓楓不禁聯想到昨天的恐嚇信。腦海浮現那刻意寫得潦草的鉛筆字跡，楓緊緊抓著裙角，好不容易壓抑起身逃跑的念頭。

見楓一直蹲在地上，對方放棄般點點頭，邁步離開。待穿襯衫的背影混入幾名正要回家的學生中，楓才察覺自己屏息許久。不論她再大口呼吸，那股悶痛感仍深植心底，無法消散。

「辰也。」

忽然間，有人呼喚他的名字。

（五）是誰讓她變成龍？

藍膠帶，藍膠帶，藍膠帶。

晚餐時間，圭介依然滿腦子疑惑。儘管吃著眼前的料理，手與舌頭都毫無知覺。隨著分秒過去，心臟彷彿也漸漸冷卻。一定是里江藏起錄影帶的，她不想讓圭介和辰也看見。

「圭介……是不是發生什麼事？」

溫柔的話聲內側，彷彿緊繃著不安的薄膜。她不安的原因是什麼？真的很在意圭介的反常嗎？還是擔心又不肯吃晚餐，關在房間裡的辰也？不，她在猜想「莫非那件事敗露了」吧。

「帶著對某人的怨恨死在水裡，就會變成龍。」

若那傳說屬實，母親或許真的化身為龍。畢竟她和藤姬一樣，都是懷著恨意離開人世。

「要不要去找妳老公？」

「不行，我不會游泳。」

「不是有泳圈嗎？沒問題的。」

根本沒聽過的對話一直在圭介耳朵深處迴盪。他阻止自己胡思亂想，並試圖抹除那些聲音。然而，不管再努力，聲音依然如同地鼠般，不斷從別地方冒出頭。

對吧，沒問題的。
我已幫妳充飽泳圈的氣。
弄破的接縫處也拿藍膠帶補強。
「阿姨……」
奇妙的是，圭介一時反應不過來那是自己發出的聲音，直到瞧見里江流露探詢般的微笑，他才赫然驚覺。
「怎麼啦？」
「啊，呃……」
不行，圭介無法忍受這種情況。他沒有保持冷靜的自信，一定要確認——立刻就確認。
錄影帶、錄影帶、錄影帶，他在心中重複好幾次開場白後，才出聲說：
「今天，我看了錄影帶。」
圭介不自覺全身用力，按捺住想從椅子上站起的衝動。
「哥哥和我找很久的那卷錄影帶，剛好放在錄影機裡。」
里江的神情略變，「是嗎……你看了啊。」
圭介重重點頭回應那幾近嘆息的話聲。里江微微張口，似乎想說些什麼，最後仍閉上嘴巴，等待圭介的下一句。
「那卷錄影帶在妳手上嗎？妳一直藏著身邊？」

里江以不知是否定還是肯定的角度低著頭，沉默半晌，才明確答道：

「是我藏起來的。」

一種錯綜複雜的感覺湧起，圭介眼底發熱。他鼻腔用力，不讓淚水落下。不把話說開不行，不問個明白不行。彷彿嚥下石頭般，他強忍情緒開口：

「為什麼要藏？」

里江垂下目光，輕聲反問：

「你認為呢？」

不是被拍到不能曝光的東西嗎？不是被錄下決定性的畫面嗎？

「希望妳能告訴我一件事，好嗎？」

趁對方回應前，圭介繼續道：

「兩年前的那天，媽媽在船屋門口和妳交談吧？妳應該沒忘記，應該還記得吧。里江阿姨，當時妳指著大海對媽媽講了些話，媽媽便這樣……」

圭介粗魯地重現母親的動作。

「像在表示『不行、不可以』。那是啥情況？妳到底跟媽媽說什麼？」

要不要去找妳老公？

不是有泳圈嗎？沒問題的。

但里江回想般停頓一下後，語氣平常地答道：

「深雪想下水去找康文，我提醒她到那邊的距離不短。乍看很近，其實游起來頗遠。我聽說她心臟剛動完手術，所以有點擔憂。」

擔憂……

「可是，深雪擺擺手表示沒關係。我不放心，便嚴肅勸她最好不要，她才終於放棄。」

停頓約五秒，里江接著說：

「不過，最後她還是下水了。假如我更嚴厲地阻止她，就不會……至今我仍不時這麼想，真的。」

圭介重新正視里江，雙眼眨也不眨。里江的解釋確實與下午所見的場景吻合，沒有不符的地方，只是……

「那膠帶是怎麼回事？」

「膠帶？」

里江疑惑地偏著頭。圭介說明影片中的一幕，她左腕掛著一卷藍膠帶。於是她鬆開眉頭，應道：

「我常用膠帶。出租的海灘傘不時破損，如只需稍加修補，膠帶很方便，所以我總是掛在手上。不僅那天，之前你也看到過好幾次吧？」

聽里江這麼問，圭介驀然一驚。

下一瞬間，他快速回想。確實不光那個時候，他曾數度瞥見里江腕上掛著膠帶。這讓他更加驚慌。

「是啊……沒錯、沒錯。」

怎麼會忘記呢？

圭介自顧自凝視虛空，點點頭。里江有些困惑地問：

「可是，你怎麼突然……」

她倏地打住話頭，表情從臉上褪去，彷彿戴著面具動也不動，望向圭介的瞳眸染上一層灰色。不久，變化逐漸顯現。盯著圭介的雙眼依舊空洞，薄唇卻開始微微顫抖。剛察覺不對勁，里江的面孔驟然崩潰。她舉起雙手，十指成鉤抓住額頭。左手中途打翻湯碗，剩下約一半的味噌湯流過桌面，滴落在地板上，但她連看都不看一眼。猶如小狗喘氣，她喉嚨深處發出極細微的沙啞聲音，上半身簌簌發抖。

「為什麼……怎會……」

里江斷斷續續低喃著意義不明的話。

霎時，圭介彷彿遭龐然大物重擊頭部。

「阿姨……」

里江已察覺眼前這個戶籍上的兒子在懷疑什麼，又想確認什麼。圭介心中擅自創造出恐怖冷酷的惡人面貌——此刻，里江清楚看見那張全然陌生的自己的臉。

「里江阿姨，我……」

我究竟幹了啥好事！

圭介連忙站起，踩過流淌在地的湯汁繞到里江身旁。里江扣住額頭，掌心緊壓雙眼，短促的呼吸間或夾雜高亢的悲鳴。圭介找不到合適的話語，只能依賴地朝里江的肩膀伸出手。指尖就要觸及的瞬間，恍若遭駭人之物撫過，里江側身避開，呻吟般地啜泣起來。那聲音如同耳鳴，徘徊在圭介腦中久久不散。

他犯下無可挽回的過錯。

現下，圭介已搞不清當初為何會懷疑里江。不過是看到那樣的影片，不過是看到無聲的對話及似是而非的舉動，強烈的後悔讓他一句話也說不出口。他老是做錯事，搞砸一切。班上製作運動會加油布條時，弄倒洗筆桶的是圭介；父母在世時，有次一家四口去超市，辰也開玩笑地模仿成龍，為了對抗，圭介也跟著模仿，兩人愈來愈起勁，手腳的動作也愈來愈大，最後，不小心打翻試吃區的托盤、讓食物掉滿地的也是圭介。如今細想，辰也雖然陪著圭介嬉鬧，神情卻有些困擾，像是在表示「到此為止吧，感覺很危險，等發生意外就太遲了」。

泳圈內側貼著膠帶，怎麼可有那種荒謬的事，只是剛好泳圈較舊而已。但讓患有心臟病的母親帶著舊泳圈到遙遠海上的，不是別人，正是圭介。由於圭介的一句話，母親病發身亡。其實是圭介殺了母親——為忘卻這個事實，他懷疑起里江。直到此刻，他才察覺這一點。

不久後，里江哽咽著趴在地上，靜靜清理滴落的湯汁。可是，里江的啜泣聲卻如同耳鳴般，在圭介腦中久久不散。

當天夜裡，圭介始終無法入睡。

毛巾被上方，某種無形之物壓著他的太陽穴，一不注意便會吸入過多的空氣。

呼吸困難地躺在床上，圭介不知不覺想起藤姬的傳說。

那或許是一場誤會。繼母沒謀殺藤姬，心裡根本也沒惡意。藤姬只是偶然乘上破洞的小船，不幸丟掉性命。

實情搞不好就這麼單純。

一定全都是城主兒子的錯。誰教他讓摯愛的藤姬獨自橫渡危險的沼澤，絲毫沒想過會出事。

自己也半斤八兩。壓根不曉得船身破洞，還送最重要的人上船。

所以，懷著對情人的怨恨，藤姬變成龍。

只要變成龍，在沼澤興風作浪，住在對岸的城主兒子自然會感到困擾。藤姬……也許是想報復情人，報復讓她置身危險，終至香消玉殞的情人。

溫熱的液體滑落圭介眼角，意識搖搖晃晃地逐漸縮小，迅速遠離床微微晃動。

(!)

第三章

「……聽衆朋友們曉得「達斯貝羅定律」(註)嗎?在北半球背風而立,低氣壓的中心一定在左斜前方。利用這個定律,就能得知從自己所處的地點望去,颱風眼在哪裡……」

九月十六日　星期四　傍晚的廣播節目

（二）他不知道龍的藏身之地

星期四早上。

雖然對坐在餐桌前，蓮與楓卻沒怎麼交談，顯然是想避開睦男的話題，但原因不僅如此。

蓮抬頭望向楓。只見楓恍惚緊盯桌面，咬著塗有瑪琪琳奶油的土司。

她在為那封恐嚇信煩惱嗎？

當夜，蓮便告訴楓，他在檯燈下找到那封恐嚇信。不料，楓卻雙眼圓睜，哈哈大笑。

「那是很久以前收到的惡作劇信，班上流行過一陣子。」

同學互相將毫無意義的恐嚇信塞進對方書包，楓也不明白大家怎會喜歡這種遊戲。然而，蓮馬上曉得楓在說謊，不可能有那麼荒唐的偶然。於是，蓮繼續追問，但楓始終沒改變說詞，堅持那是同學寫好玩，她也好玩收下的假恐嚇信。

楓不肯卸下心防，蓮也沒輒。之後，他便絕口不提恐嚇信，轉而拚命思索，究竟是

註：Buys Ballot's law，一八五七年荷蘭氣象學家達斯貝羅發表的定律，也譯為「白貝羅定律」。

誰、在哪裡交給楓那種東西？楓幹嘛要撒謊？信中的「證據」是指啥？果真是那條消失的領巾嗎？就算揀到領巾，單憑這條線索，對方如何能看穿蓮他們的罪行？

那晚在某處被撞見了嗎？

為何不選擇男孩子的蓮，而是威脅柔弱的楓？對方想向楓索求什麼，做為不把「證據」交給警方的報酬？

「我今天……」埋葬睦男的那一晚，楓在廚房泣訴：「被那個人……」妹妹已被迫嘗到地獄的滋味，絕不能讓她再背負更深沉的痛苦。

「楓——」

蓮剛下定決心開口，楓同時抬起頭問：

「晚餐你有啥想吃的嗎？」

天真爛漫的表情。

「假如沒有，我就隨便買菜回來煮。糟糕，這麼晚啦，都怪我吃太慢。」

她隨即站起，拿著書包走向玄關。

「楓。」

「抱歉，晚點再說，我快遲到了。」

話尾與關門聲重疊。聽著廊上漸漸遠離的細碎腳步聲，蓮跌坐在椅子上。他猛地以雙拳擊打桌面，裝著喝剩咖啡的杯子發出聲響搖搖欲墜。為什麼要隱瞞？楓打算自行解決嗎？就像殺睦男那時一樣。

忽然間，耳邊傳來微弱的聲響。那是輕薄不鏽鋼互相碰觸發出的乾燥聲響，顯然有人關上信箱，蓮倏地抬頭。

他擠開椅子般起身，筆直衝向玄關推開門，迅速往左側望去，楓果然還在外部樓梯下方的信箱前。她僵硬地回頭，左手拿著書包和雨傘，右手將某樣東西藏到背後。

「給我看。」

蓮一走近，楓便刻意露出微笑後退，隨即轉身，沒撐傘就要跑上大馬路。於是蓮一把抓住她的右手拖回來。

「給我看！」

蓮硬拉起楓纖細的手腕，取走她緊握在掌心的東西。跟昨天找到的一樣，那是張再三對折的紙。楓想解釋，蓮卻不理會，逕自攤開紙片後，眼熟的字跡躍入眼簾。看完內容，蓮不由得發出呻吟。

我要一千萬。

假如籌不到錢，就把妳自己給我。

我要妳。

「那也是鬧著玩的，我昨天不是跟你提過？」

楓裝出笑臉想拿回紙片。

「只是鬧著玩的話，會特地一大早丟入信箱嗎？」

楓神情一僵。

「這是妳剛剛從信箱裡拿出的吧？」

一輛小貨車從公寓前駛過，引擎聲遠離許久後，楓才抬起墨色眼眸應道：

「雖然是遊戲，也有玩得很認真的朋友。她不喜歡放在書包，會故意投進信箱。看樣子，她大概是昨晚過來的。」

「妳不是說這是很久以前流行的遊戲？」

楓的目光閃爍。

「昨天那封也是在信箱裡發現的？」

蓮語帶告誡，沉聲問道。楓僵著臉，垂下目光。

「那是……」

她小聲地開口，卻找不到話語接下去，嘴巴又張又闔。

蓮拉著楓的手回到廊上。走進玄關，關上門後，蓮再度望向妹妹。

書包和傘從低著頭的楓手中，掉落在玄關的水泥地上。

像不安的孩童尋求幫助，她空出的兩手抓住蓮的衣角，且力道愈來愈強。

「我們……搬家吧。」楓小巧的下巴布滿淚水。「哥辭掉工作，我辦休學……搬到沒人認識我們的地方。」

蓮握住楓的手，迎上她的視線，咬牙切齒地問：

「楓，告訴我，是誰把這個放進信箱？妳應該知道吧？妳不是打算瞞著我自行處理嗎？」

可是，楓看著地上搖頭，彷彿強忍著疼痛，纖細的身體繃得僵直。

「真的不曉得嗎？身邊沒可疑的人物嗎？」

楓仍是相同的反應。

不斷傳來安靜的啜泣聲，蓮低頭注視妹妹顫抖的肩膀。不久，楓的手從蓮的衣角滑落。她默默彎身，撿起書包及雨傘。

「我……該去學校了。」

「現下不是上學的時候吧。」

剛說完，他便意識到這種想法是錯的。目前最重要的，或許是一如往常地生活。恐嚇信上寫著「我握有證據」，不過也可能是虛張聲勢。對方搞不好只是撞見蓮和楓從公寓搬出大型行李，便發揮想像力，抱著碰運氣的心態一試。那麼，此時表現出恐懼，等於間接坦承罪行，實在不是明智之舉。雖然不曉得對方是誰，但對方必定會觀察蓮和楓的動靜。

「我送妳到學校附近。」

從旁人的眼光看來，應該不會不自然吧。收到完全摸不著頭緒的恐嚇信，這毋寧才是正常的舉動。

「放學後，一定要找朋友陪妳回家，至少到公寓前面。答應我。」

在學校裡肯定安全，蓮只確信這一點。不論寄恐嚇信的是誰，都不可能潛入校園引發騷動。

（二）他不知道龍的目的

星期四早上。

坐在廚房餐桌前的圭介回過頭，望著比平常提早許多出門的辰也。穿圍裙的里江站在走廊上，開朗地問：

「今天當值日生嗎？」

哥哥沒回答便關上大門。

這天的早餐也很豪華。辰也還是幾乎沒吃，但圭介一副餓到不行的模樣，把食物全塞進肚裡。里江彷彿遺忘昨晚的不愉快，始終面帶微笑。

在那之後，圭介數度想為錄影帶和藍膠帶的誤會向里江道歉。然而，看著故作開朗的里江，圭介反倒不敢開口。別再主動提起比較好嗎？

「辰也在學校也是那樣嗎？」

傷腦筋哪，里江輕快說著，走回餐桌旁。

「不曉得耶……哥從以前就不怎麼愛講話。」

話一出口，圭介便暗叫不妙。他又踩到地雷，不小心用了「從以前」這種里江會在意的字眼。可是，里江的神情卻毫無變化。

「辰也和圭介以前的事，我都不知道，今後請盡量告訴我。不過，我也不是很了解現在的你們，要多多和我聊天喔。喏，掉嘍。」

「什麼？」

蛋，里江目光投向餐桌一角。

「啊，嗯。」

圭介捏起掉落桌面的炒蛋，原打算丟在盤子上，想想還是吃進嘴裡。接著，他起身說：「我飽了。」

「好吃嗎？」

「唔。」

「別勉強。」

里江突然補上一句。收拾著圭介的餐具，她露出淡淡微笑。那是圭介今早第一次瞧見的真心笑容。

「吃壞肚子可不妙。」

「不會的。」

離開餐桌前，圭介回過身，里江微微偏頭與他對望。一句「昨天很抱歉」已湧上喉頭，最後圭介仍選擇嚥下肚，走進洗手間，然後帶著平常的表情在平常的時間出門。

街上一片白茫茫，今天依舊陰雨綿綿。車輛疾駛而過，發出使勁拉上窗簾般的聲響。雨也不是連下好幾個星期，上學途中的空氣充滿雨的氣味，卻彷彿已成為理所當然的事情。儘管不可能，但圭介覺得以往晴朗的日子屈指可數。他是不是一直走這條雨中道路去學校？教室窗外的景色，是不是一向都這樣濕漉漉的？

圭介撐著傘往學校前進，一面回想。昨晚，他在睡夢之間反覆思考著藤姬傳說。繼母並未謀殺藤姬，只是船身不巧破洞。該怪罪的是搞不清狀況，還讓藤姬橫渡沼澤的城主兒子。

「昨天夜裡，我突然想到，」早上圭介邊刷牙邊對辰也說：「或許藤姬不是怨恨繼母，而是怨恨情人，才會變成龍。」

他希望哥哥也能察覺這一點。

哥哥認為母親是遭里江殺害，他希望哥哥不要再抱持這種荒謬的想法。若真要找出「兇手」，那只會是圭介，不是里江。

辰也的反應讓圭介有些意外。其實，他早做好會惹哥哥生氣的心理準備，可是哥哥卻像摸到尖銳物品般緊繃背脊，略顯茫然地回頭直瞅著他。

「少說無聊話。」

哥哥幾不可聞地輕斥一句，隨即撇開臉。

凝望著濡濕的人行道，圭介嘆口氣。搞不懂，一切的一切都讓他滿心疑惑。人生為何充滿不可解的事物？

隔天星期五，放學回家後，圭介盤坐在辰也的書架前。一整排書中，究竟哪本寫著藤姬的故事？

藤姬的傳說一直在圭介腦中徘徊不去。藤姬變成母親，小船變成泳圈，而根本沒料到會發生意外，讓藤姬划船橫渡沼澤的城主兒子，則變成圭介。

圭介想親自讀一次藤姬的傳說。

所以，現下他興致勃勃地待在書架前。

「好。」

從書名看不出究竟，於是他隨意抽取角落的一本。一頁頁翻過，感覺腦袋像遭密密麻麻的印刷文字揍了一拳。

「天哪……」

字體比學校課本小很多，且塞得滿滿的。

圭介不由得闔起書，重新望向架上。那些書的內頁全是這樣嗎？真恐怖。到底哪本會提及藤姬？光要尋找就是項大工程。即使縮小範圍，只搜索書名包含「龍」字的，便看得眼花撩亂。

「啊啊啊……」

圭介雙手交抱，上半身往後退。

藤姬傳說會出現在哪裡？圭介摸著下巴，從左邊循序念起有「龍」字的書名。《龍的百科全書》、《世界的龍》、《龍神祕力量的99個謎》、《龍為何放棄翅膀》、《天災與龍》、《日本的龍傳說》、《龍的起源》……

唔，圭介調回視線。

或許是《日本的龍傳說》。圭介取出書，翻開封面，試著在目錄中尋覓「藤姬」一詞，卻沒找到。不過，就算沒標在目錄上，也可能寫在內文某處。還是得從頭看一遍嗎？不行，沒辦法，這麼高難度的作業他應付不來。

強烈的無力感襲上心頭，圭介不禁嘆氣。他闔上書，正打算歸回原位，卻倏然停手。剛剛似乎瞥見眼熟的字詞，是什麼呢？圭介再度翻開封面，仔細梭巡目錄，終於恍然大悟。

「就是這個……」

沒錯，就是目錄正中央的「八岐大蛇」這串文字。

以前聽辰也說過，所以圭介有印象。古時候，某村落每年都會出現一條專吃年輕姑娘的八頭蛇。最後是一位圭介記不得名字的神明，砍掉大蛇所有的頭，為民除害。

翻到目錄標示的頁面，除了字、字、字，還是字，只有左上角聊勝於無地放了張黑白插圖。圖中的大蛇不斷吐舌，八個頭流露不同的暴戾之氣，襲向右上方的一名男子。這就是那位神祇嗎？他一臉精悍，髮型像左右兩側懸掛鐵製啞鈴，右手則持著一把劍。

圭介試著閱讀內容，儘管不斷跳出陌生的漢字，他仍努力理解。朝「八岐大蛇」揮劍的是「素戔嗚尊」，對，辰也告訴過他。文中標註「素戔嗚尊（或稱『須佐之男命』等）」，都是艱澀的漢字。總之，這位神明的名諱有好幾種寫法。

「須佐……」

圭介緊盯那兩個字，突然想起辰也收在書桌抽屜裡的藍色運動服，胸口名牌上便以麥克筆寫著「須佐楓」。須佐楓是「紅舌酒坊」的店員蓮的妹妹，他們舊姓須佐，這點應該無庸置疑。擊退八岐大蛇的神名為須佐之男命，而蓮跟楓原本也姓須佐……

其實這沒什麼，但不知為何，圭介總覺得心緒不寧。

驀地，玄關響起開門聲，圭介趕緊把書放回書架，辰也回來了。他連忙起身，正思索要假裝做些什麼時，就看到辰也站在房前。

「……你在幹嘛？」

「嗯？」

「你為啥呆站在那裡？」

隨便撒謊可能會被抓包，況且仔細一想，借閱辰也的書沒有隱瞞的必要。

「我想看你的書，剛剛擅自拿了一本，可惜看不太懂。」

「我猜也是。」

辰也把書包丟在桌上，白布表面有點濕。

「要不要吃肉包？餐桌上的紙條寫著有冷凍肉包，微波就能吃。微波的話……」

辰也沒理睬圭介，走出房間後便從冰箱裡找出魚肉熱狗。最近里江總會準備點心並附上紙條，此外，必定還會準備另一種點心，放在冰箱打開就能看到的地方。兩種都是可立即食用，且富含營養的點心。辰也不肯吃里江做的菜，她很擔心辰也的健康吧。只是，哥哥似乎根本沒發現這一點。

圭介把肉包放進微波爐，設定好時間。望著站在流理臺前，以牙齒撕開熱狗包裝的哥哥，他突然莫名感到不安。須佐，須佐楓，哥哥跟蹤的人。颱風當夜，順著斜坡流下的方布。將哥哥的褲子染紅的布，里江說那抹紅是血跡，該不會是真的吧？他不禁憶起蓮與楓搬運的大型行李，及辰也凌晨寫的恐嚇信。

「哥哥。」

圭介想弄清究竟發生什麼事，他已厭倦被蒙在鼓裡，再也無法忍受每天如坐針氈的過日子。

「那天早上，你在筆記本裡寫了些東西吧？」

哥哥猛然回頭。

「我不是說沒看到內容嗎？」

辰也的表情微變，轉身面對圭介，像在等待下一句話。他的眼神十非專注，彷若埋伏等候獵物從眼前的草叢衝出。

「那是騙你的。」

噹，微波完成。但圭介和辰也瞧都沒瞧一眼。

「其實我看見了。不是全部，只瞄到一點。」

圭介閉上嘴巴，大大吸口氣。不要緊，就算說破也沒關係。他們可是一直生活在一起的親兄弟。

「哥寫的是恐嚇信吧？」

辰也輕輕垂下目光，圭介不禁稍微放心，原本還怕哥哥會瞪他。可惜，他太天真。辰也再度望向圭介時，眼神是前所未有地犀利及冷峻。圭介瞬間全身僵硬，嘴巴彷彿凍結，再也擠不出一個字。

「……的嗎？」

恍惚中，圭介似乎聽見一些話。原來是騙人的嗎？辰也這麼問，他不敢點頭，事到如今更不敢否認。辰也朝圭介走近一步。

「可是，我是……不是要……」

他也不曉得自己在講什麼，不過內容根本無關緊要，因為哥哥一句都沒聽進去。辰也沉默地俯視弟弟，又向前一步，就不再逼近。

辰也突然往旁邊的餐桌一拍，發出好大一聲，餘音在圭介耳中嗡嗡作響。辰也沒抬頭，不發一語地轉身離開廚房。僵在原地的圭介，只能愣愣聽著哥哥行經廊上的腳步聲。圭介錯覺全身都變成心臟，胸口、眼睛內側、耳朵深處同時怦怦跳動，於是，逐漸遠去的辰也背影看起來也不停震顫。

玄關的門開了又關。

腳步聲遠離，接著下樓。

禁錮全身的力量突然一鬆，圭介衝向客廳。他站在窗邊，伸直背脊往樓下空地看，最後越過陽臺捕捉到辰也的背影。雨仍下個不停，辰也卻沒撐傘。他要上哪去？打算幹什麼？哥哥的身影不久就消失在建築物的陰暗處。圭介雙眼泛淚地抬起頭，茫然的瞳眸裡映上烏雲密布的灰色天空，及濛濛細雨。

(三) 他逼近龍的真面目

星期五早晨。

蓮無言瞪著廚房餐桌上的兩張紙。他跟昨天一樣送楓上學，剛回到家。

兩張紙分別在三天前傍晚及昨天早上放進信箱，是給楓的恐嚇信。「我要妳」——對方是男人，還是偽裝成男人的女人？

「我們……搬家吧。」

昨天早上，楓在玄關哭著說。

「哥辭掉工作，我也休學。」

如楓所言，或許他們應該搬家，畢竟對方鎖定楓為目標。雖然蓮早上一定會送楓去學校，放學也要她找朋友一起返家，還是難保對方不會趁隙接近。

可是，若要搬家，睦男勢必成為大問題。以社會大眾的眼光看來，睦男還活著，蓮和楓無法自行處理遷徙手續。

蓮考慮過在搬家前，先到警局通報繼父行蹤不明，但沒有實踐的勇氣。警察搜索睦男下落之際，對方可能會持續寄恐嚇信。萬一信件內容不小心曝光，便白忙一場。只要警方起絲毫疑心，殺害睦男並棄屍的事情必定很快就會敗露。當天的行動全是倉促而成，專家大概輕易便能找出證據。

兩人的命運正被推向漆黑的深淵，蓮難以停止想像。即使試圖挽救，伸出雙手撈捕，中央最重要的部分仍不斷滑落，沉向幽暗的彼端。

「到底該怎麼辦！」

蓮往餐桌一拍，放聲叫喊，猛然朝天花板揮拳，力道之大連肩膀都微微震顫。好一會兒，他就這樣動都不動，只覺得自己的話聲在這被雨水包圍的靜謐房內不停迴盪。

閉上雙眸，唯一能破除當前困境的解決之道，便如同似曾相識的影像，鮮明地浮現眼底。他和楓，還有恐嚇者。他要保護楓，正面迎擊恐嚇者，拯救妹妹，就用這個——蓮抿起嘴，探向後褲袋的右手傳來折疊小刀的觸感。這兩天陪楓到學校時，他都帶著小刀。當然，他不認為上學途中會發生需要動刀的情況，對方應該也很謹慎，不可能突然在蓮面前現身。這把小刀就像是護身符，真要派上用場，便得詳盡計畫，神不知鬼不覺地讓「恐嚇者」消失在世上。如同四天前，他和楓聯手抹消睦男的存在一樣。

不，真的只能這麼做嗎？他是不是已喪失理性？他是不是陷入恐懼與混亂，不禁閉上雙眼，為身處黑暗而悲鳴？別的手段，還沒有想到的某種方法，是不是早出現在伸手可及的地方，只是他尚未發現？必須要思考，一定要冷靜，現下若採取錯誤的行動，情況將無法收拾。原本打算守護妹妹，反倒會把她推向更幽不見底的深淵。絕對不行，絕不能容許那種事再發生。

一度轉弱的雨聲瞬間高昂，蓮抬頭望向窗外。

昨天的氣象報告呼籲各地要注意土石崩塌，那座山沒問題吧？埋葬睦男的那一帶土石不會崩塌，導致屍體曝光吧？

蓮突然有股衝動，想到現場看看。當然，他明白就算去了也無濟於事，但心裡實在不安。原以為雨勢減弱，沒想到又逐漸增強，甚至風雨交加，不見停歇。

若打算前往那座山確認情況，便得趁白天不可，否則夜晚不巧被誰目擊，肯定會惹上嫌疑。不能開車，必須先搭電車到最近的車站，換乘巴士或計程車至山腳後，再步行到目的地。可是，蓮白天有「紅舌酒坊」的工作，不能請假。總之，現下他定要「一如往常」才行。

還是只能祈禱雨快停嗎？蓮雙肘撐在桌上，扶著額頭重重吐氣，將攤開的兩封恐嚇信吹得紛紛旋轉。雜亂的文字在眼前畫著圓圈，窗外透進來的黯光照得紙張發白。

撲通，心臟忽然猛跳。

蓮的視線捕捉到先前沒發現的某個東西。

他拿著兩封信比較，不管湊得多近凝視、眨幾次眼，都是一樣的字跡，一樣是從筆記本撕下的普通橫線頁面，不過……

這究竟是什麼？兩張紙的左側都有道淡淡直痕，像是前一頁畫線留下的痕跡。第一封較明顯，第二封則較模糊，難不成是撕下畫了直線的那張紙的後兩頁嗎？

蓮瞪著恐嚇信半晌，「這樣的線……」感覺似曾相識。

然而，在哪裡看過？

究竟在哪裡？

突然間，響個不停的電話聲打斷蓮的注意力。

真是罕見，通常不會有人打來家裡。蓮的內心隱隱不安，瞄向牆上的鐘，又瞥兩封恐嚇信一眼後，才緩緩拿起話筒。

「喂？」

「啊，阿蓮？太好了，你還在家，害我擔心萬一你已出門該怎麼辦。」

原來是半澤，蓮頓時放鬆肩膀。

「嗯，有事嗎？」

「我和老婆發高燒，現下在醫院。」

半澤通知他「紅舌酒坊」要臨時休店。

話筒彼端傳來吸鼻子的聲音。

「感冒嗎？」

「應該吧，我們還在候診，不太確定。我燒到三十八度，老婆則是快四十度。」

成人發燒到四十度算是相當嚴重。

「大概是昨天在店後方整理垃圾到很晚，有點淋到雨。雖然穿著雨衣，但防水功效不佳，不一會兒便開始滲水，不曉得是不是中國製便宜貨的關係。」

不清楚耶，蓮邊回答，心底一陣騷然。「紅舌酒坊」暫休，他有一天的自由時間去探探那座山的情況。

「那樣根本沒意義嘛，果然便宜沒好貨。」

半澤夫婦淋雨生病……這回是不是該感謝雨？

「那種雨衣不知是啥材質？橡膠，還是塑膠？」

抑或，這回和以往一樣，雨仍會將蓮的命運導向可恨的方向？

「對了，是翔子開車載我們來醫院的，現下她在旁邊，要講講話嗎？」

「咦？」

半澤問得突然，蓮頓時答不上來。

「呃，我都無所謂。」

「很可惜，我才不會讓你們交談。總之情況大致如此，抱歉，這麼突然。」

「既然生病也沒辦法。」

明天應該能正常開店，半澤說完便切斷通話。

掛回話筒後，蓮凝視牆壁良久。

接下來該怎麼辦？兩封恐嚇信、口袋裡的折疊小刀、遭雨水襲擊的山，蓮愈想愈徬徨。

他望向桌面，重新拿起兩封信，盯著紙面左側的直線痕跡搜尋回憶，卻一無所獲。莫非是記錯？明明十分眼熟……難不成純粹是錯覺？

最後，他仍沒找出答案，也沒能決定今天的行程。千頭萬緒之餘，蓮把兩封信塞進口袋，走出家門，步向車站的公車站牌。假如要去那座山，該搭哪條線？

在大宮車站內，蓮偶然遇見高中同學吉岡。

蓮收起傘，正要前往售票窗口時迎上吉岡的視線。由於對方留了長髮，蓮原先沒認出。待對方注意到蓮而轉過身，蓮才想起他是誰。

腦中忽然掠過「不想遇見他」的念頭，蓮當下不曉得原因，以為是面對一連串的狀況，太過疲憊的緣故。

蓮輕輕點頭代替寒暄，吉岡晃到他身邊。

「嗨，蓮。」

「好久不見。」

高一、高二時，蓮常和吉岡混在一起。之後，蓮為了拚大學便疏遠他，到畢業前夕，兩人幾乎沒再說過話。

蓮盡量露出自然的笑容。「你目前在幹哪一行？」

「沒固定工作，飛特族。」

明明是吉岡先搭話的，態度卻不太熱絡。或許對高中時代拋下他，自己埋頭用功念書的蓮沒什麼好印象吧。

「這樣啊。」

蓮記得吉岡身上的T恤，上面印著姿勢猥褻的女性身影，還特別強調胸部。

「你還穿那件衣服啊？」

「啊？嗯，我很中意。」

「你從高中時就常穿。」

高中時代彷彿已成為遙遠的過去，但仔細一想，離畢業典禮結束其實還不到半年。和吉岡坐著學長開的車四處夜遊，不過是兩年多前的事。

——**車子**。

蓮渾身一僵，終於明白剛剛為何下意識不想碰上吉岡。**因為吉岡曉得蓮會開自排車**。不，那又如何？別怕，不會有問題的，只要自然地道別就好。為了盡快離開，蓮微微轉身，打算說再見，吉岡卻喊住他。

「在這裡遇到你正好，我有事告訴你。」

「什麼？」蓮頓時心生警戒，但沒表現在外。

「我之前曾打手機給你，你換過號碼吧？」

「不，我解約了。錢的問題。」

是嘛，吉岡抿嘴。「我不曉得你家的電話，以為再也沒機會跟你說清楚，剛好在這裡遇到你。」

話聲十分陰沉，吉岡究竟要講什麼？只見他低著頭，像在思索如何開口，不久便抬起眼問：

「你記得我高中時的女友嗎？」

話題出乎蓮的意料。

蓮記不得名字，但對容貌有些印象。對方比楓文靜，外表十分中性。

「嗯，那個短髮女孩？」

「那她在電車上遇到色狼的事呢？」

高二時，在擁擠的電車上，吉岡女友的制服裙子被弄髒了。吉岡知道後非常生氣，由於女友曾看見身後那名男子的臉，便每天帶著她在同一時間搭同一班電車，讓她確認乘客的長相，拚命想找出犯人，卻一無所獲。

「唔，是在擁擠的電車上吧？」

聽到蓮的回答，吉岡微微瞇眼沉默片刻，彷彿在警告蓮最好有心理準備。

「幹那件事的是你爸。」

蓮以為吉岡在開玩笑，然而看到他的表情，浮上嘴角的微笑頓時消失。面對太過唐突的告白，蓮只能愣愣望著他。

「我們……還沒分手。」

迅速張望四周後，吉岡苦澀地說：

「不久前，她忽然告訴我，當時的犯人是添木田蓮的父親。我不是要責備你，畢竟已是兩年前的事。何況，我明白你家的情況，曉得你們沒血緣關係。只是，一想到你跟他住在同一屋簷下卻一無所知，就有點忿忿不平，所以打算若見到你，一定要說清楚。」

蓮啞口無言，一些黏稠的微溫泥濘逐漸在心底聚集，且愈積愈高。周圍的景象瞬間失去顏色，視野裡只剩站在眼前的吉岡。

「你不是有個妹妹？」

吉岡突然直視蓮，神情與剛剛完全不同，彷彿在擔心他。

「你們是三個人一起住吧？你爸、你和你妹。」

蓮勉強點點頭。

「多注意點比較好。趁你不在家，不知你那變態爸爸會對你妹做出什麼事。」

吉岡一語中的。

「我會忘掉剛剛講的話，我只是想告訴你事實而已。」

吉岡留下這句話，隨即低頭轉身離去。蓮出聲叫他，但不曉得是聲音太小，還是故意的，他並未回頭。蓮呆站原地，目送長髮的他消失在群眾中。雨水及擁擠的人潮讓車站內瀰漫濡濕的氣息，空氣慢慢包覆蓮的全身，從嘴巴、鼻子、耳朵、皮膚滲透，翻攪著他的思緒。

究竟何處才是惡夢的盡頭？

(四)魔爪伸向她

「謝謝。」

楓在公寓前停下腳步，回頭對同學說。

「不會，這沒什麼。」

對方把傘放在肩膀上轉動，斂起下巴。

「不過，那傢伙沒出現真可惜。」

楓告訴她「最近有奇怪的人尾隨我」，於是這兩天她都陪楓一塊回家。早上則由蓮送楓到學校附近。

「遇到任何狀況立刻打電話給我，那種人不曉得會做出什麼事。」

楓應著「我明白」，目送同學自雨中的空地離開。

楓開門走進玄關，隨即從內側上鎖。

昨天，她向老師打聽出那個男學生名叫溝田辰也。她不動聲色地詢問對方是怎樣的人，老師卻沒什麼印象，望著空中半晌，才開口：

「他很普通。」

不過，老師似乎有點誤會，刻意扯動豐腴的臉頰，笑道：

「原來妳喜歡年紀小的啊。」

在學校時，楓都盡量和同學一起行動，避免落單，防止溝田辰也靠近。

可是，他仍會趁隙接近。

「妳好。」

第三節課結束，楓走出洗手間時，溝田辰也喊住她。由於朋友還在鏡子前整理儀容，加上教室就在旁邊，她以為不會有事，便先出來。

「抱歉，上次在鞋櫃前撞到妳。我很擔心妳是不是很痛，能遇見妳太好了。」

聽他說得如此流暢，楓馬上明白這並非偶然。

「還會痛嗎？」

講到一半，他的話聲突然有點沙啞。

辰也抿著嘴，直盯無言搖頭的楓。楓好想逃，卻不敢妄動。此時，洗手間的門打開，見楓的朋友出現，辰也隨即別開臉，從走廊上跑開。

楓不懂他究竟想幹嘛。

第二封恐嚇信的內容帶有性暗示，但那真是他的目的嗎？楓總覺得有些奇怪。

兩天前在鞋櫃旁，辰也曾對她說：

「妳有什麼煩惱嗎？我可以幫妳。要是遇到無法解決的事，隨時來找我。」

楓走進房間，放下書包，邊換下裙襬淋濕的校裙邊思索。

那封恐嚇信的內容，會不會根本不是認真的？

從字裡行間看來，對方或許知曉楓與蓮的罪行，但目的不像是恐嚇。他先藉那樣的信讓楓陷入絕境，再若無其事地出現在楓面前，反倒像是一種手法，一種策略。說不定，他對楓懷有好感？往這方向去想，也能解釋他在鞋櫃前的話。

當然，兄妹倆的犯行曝光這一點無法改變，不過，事實若如她所推測，不就多少降低了情況的嚴重性？

等今晚蓮回家後，楓決定把自己的想法告訴他。雖然有點難以啟齒，但也許能讓哥哥稍微安心。

突然間，玄關響起開門聲。是蓮嗎？大概是從「紅舌酒坊」回來拿忘記的東西吧。

「你怎麼提早回家？」

僅穿著內衣的楓，連忙躲到從走廊看不見的地方。

「我衣服還沒換好，你別過來。」

毫無回應，可是，楓明明感覺有人的氣息逐漸接近。

「不要進來喔。」

為防萬一，楓趕緊拉開櫥櫃抽屜選衣服。剛拿起一件T恤，房門前的地板便嘎吱作響，她猛然思及某種可能性，正要回頭，兩隻胳膊倏地從背後抱住她。耳邊傳來孩童般的呻吟，楓的頭撞上櫥櫃，隨即被推倒，一隻手粗暴摀住她想呼救的嘴。她奮力回頭，卻瞧見一張預料外的臉孔，為什麼他有大門的鑰匙？

「別出聲，也別抵抗。我握有妳的祕密，妳若抵抗，我就全說出去。」

楓使勁抵擋對方埋在她胸前的腦袋，拚命甩開掩住嘴巴的手。她深呼吸，喘著氣努力開口：

「那麼，我會公開你的所作所為。這不僅牽涉到你一個人，你的家人肯定也會很難過。你不在乎嗎？」

假如對方能冷靜聽聽她的話，一定會改變想法。

對方忽然停下手，不過只有短短幾秒鐘。

「我……沒有家人。」

話聲帶著笑意。楓不懂他的意思，卻對那抹微笑感到一陣絕望。

(!)

第四章

「……包括日本在內，由十四個國家組成的『颱風委員會』根據固有的命名表替成形的颱風取名。十四個國家依序以各國的語言提供名字，譬如，輪到菲律賓時的『碧利斯』（Bilis）意為『速度』；韓國的『奇比』（Chebi）意為『飛燕』；柬埔寨的『柯羅莎』（Krosa）意為『鶴』。這次侵襲中部與關東地區的颱風，則是中國命名的『Longwang』，代表『龍王』……」

九月十七日　星期五　傍晚的廣播新聞

（一）墓地吐露真相

水滴從傘緣競相滑落地面，連日的雨水帶走髒汙，母親的墓碑非常乾淨。

驀地，蓮憶起很久以前，他與楓迷路的往事。當時，念小學的蓮帶著六歲的楓去看動畫電影。由於想向父母證明自己已成長到能照顧妹妹，蓮搖頭拒絕因擔心而想陪同的母親，牽著妹妹出門。電影結束後，夕陽早將天空染成橘色。見時間太晚，蓮提議走捷徑回家。一路上，蓮模仿動畫裡有趣的片段，逗得楓哈哈大笑，同樣的動作能讓她笑好幾次。單獨帶妹妹到電影院，回程還有辦法引她笑得這麼開心，蓮覺得自己成熟不少，內心十分雀躍。兄妹倆互相嬉戲，忘情地聊天、聊天，不停聊天——驀然抬頭，卻發現眼前是一片陌生的風景。霎時，原本滿溢胸口的歡愉全遭冰冷驅逐，蓮不知所措，愣在原地。妹妹疑惑地仰望停下腳步的哥哥，蓮只能擺出微笑，試著沿途折返。他倒走回印象中該轉彎的地方，卻愈走愈迷糊。蓮拉著楓的手走個不停，直到大人在漆黑的道路旁找到淚眼汪汪的兩人。

現下，蓮與楓一如當年那對回不了家的迷途羔羊。

「幹那件事的是你爸。」

吉岡在大宮車站留下的話，連同語調在蓮心底清晰重現。

兩年前，吉岡的女友在電車上遭遇色狼。當時，尚未與母親結婚的睦男已有那種性癖好。所以，他果真是對楓心懷不軌，才決定娶母親嗎？

「媽，妳選擇的再婚對象，真是一個無可救藥的人。」

蓮的低喃消失在雨聲中。

自吉岡口中得知睦男的事後，蓮突然想去幫母親掃墓，於是從車站的自動售票機買了車票。這是第二次——其實他希望多見見母親，但因為忙碌，一直抽不出空。不料，好不容易來一趟，卻得報告這樣的消息，簡直打擾母親的長眠。

其實，苦惱的人會想掃墓，說不定就是曉得亡者沒耳朵。若長眠於地下的重要之人聽得見自己的話聲，蓮也不會站在這裡。若母親仍聽得見，知道蓮和楓的處境，一定會像迷途的小孩般號啕大哭吧，一定會在前路與出口都被封住的幽暗荒地上哭泣不休吧。

正當蓮俯視淋濕的墓碑時，右側的管理大樓傳來聲響。玻璃門拉開，一身袈裟的僧侶緩緩走出，跟在後面幫他撐傘的是個初老的男子，似乎是墓園的工作人員。兩人眺望天空閒聊一陣便並肩前往停車場，途中那名工作人員回頭瞄了眼蓮。此處算是座相當大的墓園，然而，在這樣的雨天來掃墓的只有蓮。由於擔心被盯上，蓮再次雙手合十後，便悄聲離開墓前。

蓮瞅著沾上汙泥的運動鞋前端，邊走向墓園出口。突然，前方有道腳步聲接近。原來是剛剛去停車場的工作人員。蓮低著頭，打算默默擦身而過，對方卻開口喊住他。

「添木田家的……」

大概是蓮的神情有些困惑，那名初老的工作人員扯動瘦削的臉頰，沉著一笑，似乎想讓蓮安心。

「啊……」

蓮終於想起，對方是認識的人。母親納骨時，便是由他負責接待，仔細地向蓮他們介紹這座墓園的來歷及體系。蓮記得對方姓岸本，但他居然也記得蓮的姓氏，讓蓮十分意外。畢竟，家屬記得負責人員的名字並不奇怪，可是岸本每天需要接待許多客人，會記得每位客人姓什麼嗎？

「因為我有印象。」

岸本看穿蓮的疑問，如此回答。接著，他猶豫幾秒後，再度開口，嗓音有些沙啞、穩重且細膩，彷彿用喉嚨在說話。

「那之後情況如何？你們兄妹倆和新父親相處的時間不長，母親就去世了，讓我十分掛心。」

「我提過這件事嗎？」

「這是在說明永久供養時，你父親告訴我的。他曾略微描述你們家的……情況。」

彷彿在意這樣的話題會讓蓮不開心，岸本凝視著他。蓮曖昧地垂下目光，旁邊的桂花在潮濕的空氣中散發柔和的香氣。

「抱歉提起這麼隱私的話題。」岸本取得蓮的諒解後，接著說：

「你們和父親相處得如何？當然，難免會有些不適應吧？」

「沒太大問題，到目前為止，日子過得很平靜。」

蓮選擇安全地回答，岸本瞇著眼說「這樣啊」，臉頰牽起柔和的小皺褶。那想必是目睹太多悲嘆與哀傷，看盡當中所有差異與共通點的人才擁有的微笑。蓮覺得那抹微笑非常溫暖，且非常遙遠，他不由得望向墓碑並列的地方。

「他好久沒來掃墓……」

「因為他不認為這很重要。」

兩人沉默半晌，背後某處傳來一聲鴉啼。岸本清一下喉嚨，以猜測對方祕密般的語氣問道：

「這陣子，你父親的心情逐漸平復了吧？」

蓮不太懂他的話。

「什麼意思？」

「整理好心情，表情也會溫和許多——我想他應該已進入這個階段。」

視線在並列的墓碑間遊走，岸本繼續道：

「前來掃墓的家屬，不是內心還很脆弱，就是一切已整頓就緒。所以，我推測你父親大概正處於中間階段。」

岸本微微一笑，理所當然地望向蓮，卻見蓮一臉困惑。他立刻斂起笑容說：

「……我是指你父親來掃墓的事。」

「掃墓？」

背後再度響起鴉啼，還伴隨著振翅聲。一陣沉重的空氣流過蓮的頭頂。

岸本的目光越過傘緣，注視著蓮半晌，才理解地點點頭：

「看樣子你不知情。納骨後，你父親天天來掃墓。」

耳邊的雨聲瞬間遠離。

睦男來掃母親的墓？那個男人？

「起初是附近居民告訴我的。」

岸本娓娓而談。

那位居民瞧見手電筒燈光在墓地搖搖晃晃前進。

「聽說幾乎每晚都會出現這種情形，他以為是小偷或年輕人來試膽，便向我通報。於是，我半夜躲在管理室，打算抓賊。」

蓮的胸口一陣騷亂。

「沒想到，那居然是你父親。喝得爛醉的他拿著手電筒，在你母親墓前哭泣。這種情況其實頗常見，有些剛失去親友的人喝酒後會夜闖墓園。我看你父親似乎是開車來的，就勸他不要酒駕。」

過一陣子，岸本又聽鄰近居民提起，深夜仍有手電筒燈光在墓碑間穿梭。他便留在管理室等待對方。

「我老婆死了，我在家也無事可做。」

手電筒的主人果然是睦男。這次，岸本嚴厲地要求他白天再來。

「他終於聽進耳裡，之後便改在白天出現。他沒開車，換成搭電車，而且也沒沾酒。他總在墓碑前雙手合十，和你母親說好一會兒話後才離開，有時還會仔細清洗墓碑。瞧，是不是很乾淨？」

墓碑不顯髒汙，不是雨水沖刷的緣故嗎？

「直到不久前，他每天都來。」

最後，岸本總結般繼續道：

「所以剛剛我才會說，你父親這陣子心情逐漸平復了——天天來掃墓的人突然不見蹤影時，大抵皆是如此。而後，待完全整頓好思緒，便會重新出現。不過，或許是颱風的關係，沒辦法出遠門，也就漸漸不再執著於掃墓。」

輕輕閉上雙唇，岸本微微點頭，眺望著墓碑群，補上一句：

「抱歉說了這麼多不該說的話。」

蓮無法回應。又黑又細、不知是問號還是驚嘆號的東西，快要掩沒他的腦海。睦男天天前往母親的墓地，一直到最近。

「當初……他第一次帶手電筒趁夜掃墓是何時？」

「納骨後不久。」

「納骨……」

四十九天，約莫是母親去世一個半月的時候，正巧也是半年前，睦男開始每晚頻繁開車外出的時候。

岸本的下一句話，讓蓮腦海中蠢蠢欲動的黑色東西瞬間靜止。

「改在白天出現後，你父親都穿著西裝……是工作中的緣故嗎？你父親從事哪一行？」

「西裝？」

望著反問的蓮，岸本露出更為疑惑的神情，應道：

「是啊，他總是一身西裝……」

（二）龍遭捕獲

任雨水打濕後頸，辰也傘都不撐地走在路上。出門前擊打廚房餐桌的雙拳仍隱隱作痛。

凝望車輛濺起水花駛過，他思索著那個絞盡腦汁也找不到答案的問題。

他和圭介在颱風夜裡撞見的，究竟是何種情況？

添木田蓮與添木田楓搬出公寓的到底是什麼？從斜坡流下的那條領巾有何特殊意義，又為何會沾上血跡？公寓外廊上，閃爍的日光燈映照出兩人痛苦的身影，顯然遭遇無法解決的狀況，但他不清楚他們面臨怎樣的困境。

其實，他暗暗想過，那對兄妹是不是殺了沒血緣關係的父親？

辰也曾不著痕跡地向三年級的學長打聽楓的事，知道自母親去世後，他們與繼父處得並不好。他們運出公寓的行李恰是一個成年人的尺寸，再加上沾染血跡的領巾，辰也會產生如此驚悚的想像亦無可厚非。

辰也將當時撿到的領巾折疊整齊，放在口袋裡隨身攜帶。沒特別的用意，只因那是楓的東西。

由於沾染血跡，領巾感覺有點硬。那究竟是誰的血？果真是她父親的嗎？

辰也不曉得實際情況，他只是想幫忙。倘若辦得到，他希望能助楓度過難關。

辰也察覺自己正陷入初戀。假如他能攔住楓，說明自己撞見的場面，問清究竟是怎麼回事，不知該有多好。假如他能保證一定會幫助她，那該有多棒。即使楓默默搖頭也無所謂，總比這樣煩悶度日痛快。母親為他取名「辰也」，是期許他能成長得和龍一樣強壯。現下，辰也真切希冀自己能名副其實，成為堅強的人。

昨天早上，辰也提前出門到楓住的公寓附近，打算佯裝在上學途中偶遇，鼓起勇氣與她攀談。沒想到，蓮與楓走在一起，讓他無法靠近。不過，哥哥會陪她上學，肯定是遇到什麼狀況。只見兄妹倆都愁眉苦臉。

不知不覺間，辰也又走向楓的住處。自己打算去幹嘛？該為她做什麼？再走一小段就要抵達那道斜坡。

驀地，雨聲嘩啦啦變大。

辰也瞄了眼天空，咋咋舌，雙手環住身子。正愣愣想著何處能避雨時，一輛轎車突然在他身旁停下。副駕駛座的門打開，從裡側的駕駛座伸出一隻手，猛地抓住他的衣襟。

「啊……」

還來不及呼救，辰也便被用力拖進車內。他的臉撞上儀表板，背後傳來車門粗暴甩上的聲響，車子倏地衝出。而後，椅墊「吱」地搖晃一下——

一把刀深深插進辰也的右大腿旁。

「你居然察覺這麼多，實在令我驚訝。沒想到你真的在公寓附近徘徊……啊，你能乖乖坐好別亂動嗎？」

駕駛座傳來的話聲異常冷靜。

「抱歉，我必須除掉你。」

（三）他認識男人

從墓園回家途中，蓮不斷在心中搖頭。

第六感不停悄聲喃喃，雖然十分細微，卻像傳到腦海深處，又像直接傳抵神經，非常不舒服。

你是不是有所誤會？

你們是不是犯下無可挽回的錯？

「我沒誤會任何事。」

我們也沒犯錯。

他甩開思緒打算進到住處，卻發現大門沒鎖。

「……楓？」

四處不見妹妹的身影，他走到房間，看到書包放在一旁，地上還丟了一件T恤，大概是回家後又外出吧。

蓮的思緒再度移到睦男身上。

一回過神，他已站在睦男的房門口。放眼望去，床墊仍鋪在地上，枕邊有臺小型電視，上方擺著A４大小的信封。蓮伸手拿起，封面上以歌德字體印著「快樂工作」，下方有地址、電話、網址。蓮抽出內容物一看，原來是職業介紹所的簡介、求職申請書影本及幾間公司的資料。每份資料的空白處，都有睦男寫的詳細筆記。

「7／2　預約ＯＫ。」

「7／26　野川面試官，感覺良好。」

「8／4　對離職的原因有不信任的感覺？」

「8／17　需排深夜班，有加班費。」

「9／6　預約ＯＫ。」

「9／10　星期六隔周休↓有時需上半天班。」

…………………………

……………

……

蓮馬上明白，睦男從七月初就開始找工作。原以為他都關在房裡，沒想到他趁蓮和楓白天不在家時，穿著西裝外出，到職業介紹所諮詢，前往各公司面試，然後到母親的墓前雙手合十。

「所以呢？」

眼下發現這件事，那又如何？一陣驚訝、一陣意外，不就僅止於此？辭掉工作的大人再找新工作有什麼奇怪？根本尋常至極，誰都會這麼做，即使是有特殊性癖的無可救藥廢人也……

你是不是有所誤會？

你們是不是犯下無可挽回的錯？

不明黑色物體逐漸充斥腦海，那是什麼？後悔嗎？由於知悉他們埋在山裡的男人意外地認真，所以感到後悔？對，他現下十分後悔。一定是去過墓園後，下意識比較起正常的死亡與睦男的死亡的關係。對照依禮誦經、火葬，撿拾骨灰放進骨灰罈，好好埋葬在墓碑下，被丟進山上胡亂挖的洞裡再覆以潮濕的泥土完事，確實有些殘忍。也許該放上一朵花，他後悔的是這一點。蓮試著如此告訴自己，然而他明白那不過是自欺。

不是後悔——是懷疑。

此刻，小小的疑問充斥蓮的腦袋。

你是不是有所誤會？

你們是不是犯下無可挽回的錯？

蓮走進自己的房間，往壁櫥裡的紙箱內翻找。當初得知睦男離職時解約的手機，他還留著。由於沒電，無法開啟，蓮先插上充電器才打開電源，叫出通訊錄。

他記住吉岡的電話號碼，步向廚房。他拿起話筒，一個數字接著一個數字，彷彿要壓掉自己的困惑般撥號。

「喂？」

響了五聲左右，聽見狐疑的應答聲，蓮報上名字。

「是你啊……這是你家的電話號碼嗎？哦，要問剛才的事情？」

「對，其實我……」

「我在車站也說過，到此為止吧。」

「不是的，抱歉讓你再次回想，但我想確認，你告訴我的……」蓮不禁有些遲疑，但仍鼓起勇氣繼續問：「是真的嗎？」

「什麼？」吉岡不太高興。「難道你以為是假的？你覺得我是隨便說說？」

「我想瞭解詳情，你女友怎麼曉得電車上的色狼是我父親？她抓住對方質問他的名字，還是她看過我父親的長相？」

蓮這麼一問，吉岡厭煩地開始說明。

大概是兩週前，吉岡的女友獨自走在路上時，偶然撞見一個男人步出公寓的某一戶。瞄到對方的臉，她馬上憶起，這個人就是高中時那輛擁擠電車上站在自己身後的男人。

「看到的瞬間，她當場想起。」

她那時十分猶豫，不知該不該報警。不過，至少得弄清對方是誰，於是等男人離開，她上前確認那一戶的門牌。

「添木田這個姓氏並不常見，所以她立刻明白那是你家。」

最後她沒報警，只告訴吉岡。

「可是，就算姓添木田也不能……」

確實是罕見的姓氏，但或許是湊巧。保險起見，蓮詢問吉岡那男人出現的地點，沒想到真的是蓮住的公寓。

「你家是104號，對吧？」

蓮只能點頭承認。那麼，兩年前的色狼果然是睦男？

「會不會是認錯人？搞不好電車上那名色狼，不巧長得像我父親。」

「這點她相當有自信。」

吉岡宣示勝利般回答。

「我沒見過你父親，不過他的外貌很令人難忘吧？我女友保證絕不會看錯。」

蓮感到對方的話中，有一部分不太對勁。

「很令人難忘……」

會嗎？蓮不覺得睦男的臉有任何特殊之處。

「能不能讓我確認一下？」

蓮再次握緊話筒開口：

「在電車上對你女友毛手毛腳的，是怎樣的傢伙？」

（四）龍看見鬼的臉

完全聽不懂，他一點也無法理解這個人的話。

辰也以不上不下的姿勢跌坐在副駕駛座，渾身僵硬。小刀仍插在椅墊上，手煞車旁隨意放著一張照片，顯然是穿運動服微笑的楓與她同學。辰也發現，在她們背後的自己也不小心被拍進去。

「剛剛在公寓時，楓表示他們的罪行已隱瞞不下去，所以絕不會把身體給我。追問是什麼意思，她接著說，有人知道我們犯的罪。」

犯罪？**他倆犯的罪**？

「有個和楓同校的傢伙不曉得為何察覺殺人的事，甚至寫恐嚇信給她。起初她不肯明講是誰，在我的逼問下，她說出你的名字，二年級的溝田辰也。然後，我又問是怎樣的恐嚇信，她便一字一句背給我聽。」

我知道妳殺了人，我握有證據，隨時都能交給警察，若不希望我報案，就乖乖聽話。不准告訴任何人，包括妳哥哥。

我要一千萬。假如籌不到錢，就把妳自己給我。我要妳。

當然，男人背的兩段文章辰也是第一次聽聞，為什麼這些會變成他寫的？他沒寄恐嚇信給楓，沒寫的東西自然不可能寄出。他的確懷疑楓是不是捲入犯罪，但也僅止於此，他純粹是擔心楓。提到恐嚇信，幾天前的早上，他曾在英文單字本上寫過類似的東西，可是那不是要給楓的，內容也完全不同。況且，他根本無法拿給對方，現下仍放在書包裡。

車內突然爆出尖銳的笑聲。

「哎，那時要忍住笑真的很辛苦，恐嚇信明明是我寫的呀。我故意把楓推入絕境，希望她更依賴我。不過，楓誤以為是你威脅她，於是我主動表示能幫忙處理。解決你後，楓也該乖乖聽我的話，畢竟我施了兩次恩惠，先替她殺掉父親，再替她幹掉你這個恐嚇人的壞蛋。」

男人開著車，眼裡已看不進任何景物。

「雖然楓現下十分抗拒，但一定會很快愛上我。不僅僅是我對她有恩，女人只要給出身體，就會愈來愈喜歡對方。不管對方是怎樣的男人，即使不是喜歡的類型、長得不帥，或體型肥胖都一樣。」

男人轉向辰也時，嘴巴宛如漆黑的洞穴。

「不過，我不久後便會瘦下來，變成帥哥就是了。」

（五）捉住龍的是？

濕答答的制服黏在皮膚上好冷。楓再次使勁，卻只讓繩子益發緊咬胳膊。綁在腰後的手腕交疊，根本無法動彈，她感到指尖逐漸變得冰涼。

風鑽進尚未裝窗框的方形洞口，掠過空蕩蕩的水泥樓層，從對面牆上開的洞竄出。有時風勢很強，吹得地上的空寶特瓶亂滾，只見茶飲的標籤若隱若現地漸漸遠離。楓盡量將被捆住的雙腳往裙子內側靠攏，忍耐寒冷。

捆住足踝的繩子前端固定在凸出牆角的粗水管上，她站不起來。被丟在這裡多久了？三十分鐘，不，或許已有一小時。

這是什麼地方？

半澤在公寓前讓楓上車，開到這棟大樓的後方停下，便帶著她安靜地爬上外部樓梯。那樣的安靜反倒加深楓的恐懼，半澤像不停思索著什麼綿密的計畫，盯著鼻尖陷入沉默。水泥梯處處散落水泥碎渣、菸蒂、釘子、工具等，兩人共迴轉十五次，楓猜現下應該身處八樓。半澤從鐵門走進這層樓，將楓縛在水管上。

「妳在這裡等一下。」

半澤留下這句話隨即離開。

又一陣風吹來，寶特瓶發出聲響滾得更遠，穿過掛著「注意」的警告牌的鐵鍊中間，便猶如遭後側的方形洞口吸走，消失無蹤。經過好一會兒，才響起輕微的衝擊聲。那個洞大概是規畫裝電梯的定點吧。

楓閉上雙眸，淚水從眼角滑落。

蓮發現她不見，肯定會報警吧？

不，顧慮到睦男的事，不能隨便找警察幫忙，蓮至少會等到晚上。到時，她還能平安無恙嗎？半澤一定會對她的身體下手，做出還沒人對她做過的事情——她不覺得這副軀體重要，只要能獲救就好，只要能像以前一樣生活就好，只要能讓她活著回家就好。

然而，沒有人可以保證。

假如幸運獲救，再次見到蓮時，她是否必須將事實全盤托出？是否已無法繼續隱瞞？

楓想起七天前，颱風來襲那天。

由於颱風改變路徑，下午臨時停課，要求全校學生立即返家。楓變更預定，沒前往同學家，直接回公寓。彷彿遭強風推進玄關，反手關上門的瞬間——

咦？她察覺有些不對勁。

隱約聽見微弱的水聲。走廊前端的門關著，楓看不到廚房的情形，以為睦男在洗東西，心想真是稀奇。可是，前往廚房一看，空無一人，四周卻充滿水氣。天花板處處滴水，地板殘留一灘灘水漬。楓注意到流理臺上方熱水器的火朦朧亮著，熱水不斷從水龍頭流出。瞥見這樣的光景，楓一驚，隨即想起幾天前，透過布簾隔間，蓮那頭傳來的廣播新聞。

「……的時候小型熱水器發生燃燒不完全的現象，導致七十二歲的○○跟妻子○○因一氧化碳中毒身亡。他們的熱水器設置在廚房……」

楓倏地摀住嘴巴、屏住呼吸，按掉熱水器的電源後，馬上打開抽風機，同時推開廚房所有窗戶，讓可能充斥室內的一氧化碳消散。

到底在搞什麼！楓想到睦男就很生氣。這一定是睦男幹的好事，他大概是喝完即溶咖啡，不知哪根筋不對勁，打算洗用過的杯子，卻忘記關熱水。絕對沒錯。

此時，她突然發現睦男不見人影。

整間屋子水氣瀰漫，那麼熱水肯定流了一段不短的時間，一直毫無所覺，未免太奇怪。不妙的預感掠過楓的腦海，睦男該不會放著熱水沒關，便在房裡睡著？她剛剛關上的小型熱水器，顯然早就發生燃燒不完全的現象，睦男該不會在睡夢中喪失意識？

楓小心翼翼地靠近睦男的房間，門微開了個小縫，但因光線昏暗，看不清裡頭的情況。她指尖輕敲房門一、兩次，卻沒任何回應。她鼓起勇氣推開門，隨即發現睦男的身影。他仰躺在床墊上，毛巾被拉至下巴，臉色不差，應該說比平常紅潤，但就是有些不同。雖然不曉得哪裡不一樣，可是，楓直覺睦男早已斷氣。

她覺得睦男已死去。

楓試著喚醒他，但記不得是怎麼喊的，應該不是「父親」。打從半年多前遭暴力相向後，楓就不曾那麼稱呼過他，所以應該是叫「那個」或「喂」之類的吧。

依然沒有反應，楓便上前察看。由於想避免肌膚接觸，楓耳朵輕輕靠近睦男的面頰，卻沒聽到呼吸聲。

她覺得沒聽見。

最初，一陣恐懼流竄全身，但那是因為直接面對屍體，並非是住在一起的法律上的父親死亡的緣故。恐懼過後，留在楓胸口的是一股安心感。

死得真好，她不禁這麼想。

對兄妹倆拳打腳踢、辭掉工作關在房裡不出門，趁楓不在時偷翻她的衣櫃，甚至弄髒她洗衣籃裡的裙子的睦男，終於從世上消失。這讓她十分激動。

現下怎麼辦？該先報警，還是叫救護車？不，得先連絡在「紅舌酒坊」的蓮，把這件事告訴他比較妥當。

楓步出睦男的房間，準備到廚房打電話。

驀地，她腦中突然浮現某個影像。

前天夜裡，蓮對著放在榻榻米角落的提包陷入沉思。望著他的側臉，楓內心隱隱不安。那是從小生活在一起的人才懂的感受，她總覺得**哥哥在盤算著什麼**。所以，她趁蓮去洗澡時，偷偷打開提包，發現裡面裝著煤炭、小型炭爐及打火機。

楓腦中首先冒出「自殺」兩個字，倒也難怪，誰教哥哥藏著那樣的東西。只是，楓馬上否定此一想法。蓮不可能做那種事，就算日子過得再辛苦，遇到再險惡的情況，他都不會留下楓一個人。楓非常了解蓮，比任何人都了解。念小學時，母親有急事不能帶楓去花屋遊樂園玩，蓮最後仍帶著楓出門，一整天陪著她玩、陪著她笑。

提包內或許還放有折疊小刀。國中有段時期，蓮總隨身攜帶折疊小刀，好像是在街上遭其他國中的不良少年挑釁、圍毆，打算還以顏色才買的。蓮不准楓向母親告密，且不止一次對楓炫耀那把小刀。楓沒打小報告，因為她其實沒那麼在意。她很清楚，蓮根本不會真的動刀，哥哥就是這樣的人。單單「我打算給對方好看，買了小刀隨身攜帶」的既存事實，便足以讓蓮想開，煩惱三兩下便解決。楓並不討厭蓮的這種個性。

這次一定也是相同的情況，蓮厭倦每天重複的生活，於是買下煤炭及小型炭爐。光是「我打算尋死，所以準備這些東西」的事實，對他而言已足夠。

儘管楓很有自信，卻不免有些不安。畢竟蓮燒炭自殺的機率不是零。

楓想確認這一點，所以趁早上出門前對蓮說：

「哥，別再有不想活下去的念頭。」

果然，蓮一臉訝異。楓知道她沒猜錯，哥哥雖偷藏煤炭及小型炭爐，但並非真的要自殺，她總算能放心去學校。

但是，現下眼見睦男倒在公寓裡，楓如遭當頭棒喝，終於明白自己有多天真。那個時候——在蓮的提包裡發現煤炭跟小型炭爐時，有個詞應該比「自殺」早躍出腦海。

那就是「殺人」一詞。

楓驀地回頭，只見蓮和她的房門關得好好的。她擔心雨天濕氣太重，提醒過蓮外出前要把房門打開一點。仔細一想，剛剛回家時，廚房的門也關著。

那天夜裡，從蓮房內傳出廣播新聞，一對忘記關熱水的老夫婦，因一氧化碳中毒身亡。沒經過幾天，睦男便以相同的狀態躺在床墊上。

不可能是巧合。

蓮計畫殺害睦男，並偽裝成意外。

首先，趁睦男熟睡之際打開小型熱水器，嘗試讓他一氧化碳中毒。這種手法非常不確實，但就算被發現，也有辦法脫罪。萬一失敗，蓮才打算使用煤炭及小型炭爐。譬如，等睦男喝醉後，在小型炭爐裡點燃煤炭，放進他房間，這倒是比較保險。蓮肯定準備了兩個方案，而睦男一次就落入圈套——楓如此推測。

蓮大概沒料到妹妹會是第一發現者。想必他知道今天楓會晚歸，才選擇這天下手。他不是會讓楓回到可能充斥一氧化碳的屋裡的哥哥。

總之，必須馬上通知蓮。楓拿起話筒，按下「紅舌酒坊」的電話號碼。響幾聲後，傳來半澤的話聲。

「喂，這裡是『紅舌酒坊』。」

之前，楓好幾次抱著戲弄工作中的蓮的心態，去店裡買過食品，所以認識半澤。楓報上名字後，半澤以輕快的口吻回應：

「是妳啊，怎麼了？」

楓拜託半澤叫蓮來聽電話。

「不行，他現下走不開。」半澤這麼回答。

楓表示有急事，但半澤仍說：

「沒辦法喔。」

蓮似乎怎麼也無法抽身。

接著，半澤突然冒出一句「好吧……妳稍等一會兒」，便單方面結束通話。

楓以為蓮會回電，以為哥哥處理完棘手的工作會跟她聯絡，電話卻始終沒響。不過，十分鐘後，有人摁了門鈴。楓屏息從門上的貓眼窺探，發現半澤站在外頭。

「我來幫妳。」

半澤笑咪咪地說。溫和的笑容與徐緩的語調，為陷入混亂與不安的楓，帶來些許安心感。情勢使然，當時楓毫無警覺，並未深思就打開大門。

「哥哥呢？」

「阿蓮忙不過來，我替他跑一趟。妳遇到什麼狀況吧？聽妳的聲音就明白，我會幫妳的。」

半澤露齒微笑，楓不曉得如何面對他。去店裡時，半澤總是十分和善，蓮亦常在晚餐之際提到半澤，直嘆希望有那樣的父親。儘管認識半澤不深，楓也認為若能有那樣的家人似乎不錯。

然而，楓說不出口，就算對象是半澤也沒辦法。雖然對方表示願意幫忙，楓仍無法坦白目前的情況。所以，楓努力裝出笑臉，回答沒事。

「其實沒什麼要緊的。」

霎時，半澤的瞳孔一縮，視線越過楓的肩膀，直盯著後方。楓倏然回頭，水珠啪啪落在濡濕的地板上。

「我進來嘍。」

半澤經過楓身旁，迅速沿走廊前往廚房。環顧四周後，半澤猛然回頭，楓只能僵硬地承受他的目光。半澤連眨兩次眼，彷彿在心底調整焦距，按下快門。然後，他一挑眉，穿過廚房走到睦男房門口，伸手推開。

啊！楓驚呼一聲，拉住那隻手，半澤卻換手用力一推。

睦男的屍體就躺在那裡。

（六）雙頭鬼

雨勢益發猛烈，蓮拚命加快腳步，腦中重複著一個念頭。希望是自己弄錯，希望一切都是誤會。

「能不能讓我確認一下？」蓮對話筒彼端提出疑問，「在電車上對你女友毛手毛腳的，是怎樣的傢伙？」

「剛剛不是提過，就是你爸。」

「你能不能具體地描述，什麼是令人難忘的外貌？」

於是，吉岡一副「別問廢話」的口吻答道：

「臉圓圓的，戴著圓框眼鏡，鼻頭還有一顆痣，不是嗎？」

然後，他補上一句：

「我不是說看過一次就忘不掉嗎？」

那個男人在電車上對吉岡的女友性騷擾，那個男人從蓮家走出來，所以她認為犯人是蓮的父親。

結束與吉岡的通話後，蓮撥給１０４詢問大宮車站附近的居酒屋「舞屋」的電話號碼。接著，他打去找店長。當他表明自己在「紅舌酒坊」工作後，年輕的店長似乎頗訝異。

「啊啊，是老闆開的那家酒坊的人？」

蓮提出準備好的問題：

「其實，我想請教有關半澤先生的事。他是怎樣的……」

蓮察覺問得太直接，有些欲言又止，但對方接過話：

「老闆人不錯，雖然我不常見到他。」

不常見到他？

對方像是不明白蓮的困惑，不解地反問：

「怎麼？」

「沒有，那個店長……就是半澤先生，是不是常去那邊？」

「不，他不常來，應該說幾乎不來。我們都用電話聯繫。」

「怎麼會……」

半澤常留下一句「我去舞屋」，就離開店裡。

「那四天前呢？」

「四天前？」

「就是颱風那天，半澤先生曾過去一趟吧？聽說送貨的卡車捲入車禍，所以他得和你們商討如何調整菜單。」

對方沉默半晌，才應道：

「你在講什麼？」

究竟怎麼回事？那天半澤的確開車離開「紅舌酒坊」，說是舞屋拜託他立刻趕去。

「什麼車禍？老闆那麼說嗎？」

「呃……那個……」

「他一定是在開玩笑吧？不過，對我們而言，這玩笑未免開得太大。」

話筒彼端傳來不甚在意的開朗笑聲。

「大概是有不能告訴你的事，才隨便編個藉口。那個人不是常胡扯一通嗎？」

而後，對方又帶著笑意，自然地道出讓蓮最驚訝的話。

「那個人還沒結婚，所以沒啥責任感。」

蓮穿越雨中的「紅舌酒坊」停車場，伸手要開店門，卻發現已上鎖。於是，他從外側繞到後面的空地，步向半澤家的玄關，按下電鈴，但毫無回應。再試著敲門，仍舊沒人應聲。

蓮走到後門，可是後門也上了鎖。雨聲中，依稀聽得見屋內細微的電視嘈雜聲，可是不管他怎麼敲門，都得不到回應。

「……店的後門。」

對了，或許那裡的門打得開。蓮曾見半澤把住家的備份鑰匙放在辦公桌抽屜，能不能拿到那把鑰匙？他急忙跑到店的後門——果然沒鎖，眼前是熟悉的辦公室風景，然而，當下他只覺得毛骨悚然。蓮衝向半澤的辦公桌，往抽屜裡一個勁地摸索，很快找到鑰匙。正要離開時，他忽然渾身一僵，回過頭。

半澤的辦公桌映入視野，包括放有「翔子」照片的相框、舊式電腦、隨意放在桌上的一疊發票、九連環、開封的口香糖，及封面上寫著「帳簿用筆記本」的大學用筆記本。

——**大學用筆記本**。

蓮翻開筆記本，頁面左邊標著日期，分隔線的右側記錄當天的進貨量及銷售量。

他從褲袋取出那兩封恐嚇信，攤開與桌上的筆記本比較。

「就是這個……」

難怪他會覺得似曾相識，難怪他會感到眼熟。恐嚇信左端殘留的線痕，跟畫在筆記本上的分隔線一致。

蓮離開辦公室，折回半澤的住處，將鑰匙插入大門。他轉動半圈，喀嚓一聲，鎖開了。推門的瞬間——

空氣倏然變質。

屋內飄散著一股類似廚餘的腐臭及另一種怪味。蓮踏上漆黑的走廊，玄關外的風呼嘯而過，發出警笛般尖銳的聲響，門「碰」地用力關上。伴隨這陣衝擊，黑色物體竄過地板，沿廊下的牆壁不停前進，接著又猝然停步，搖晃著長長的觸角。

彷彿走在汙濁的水中，蓮穿過走廊，行經一扇門前。推開一看，原來是餐廳，腐臭味益發濃烈。左手邊的廚房流理臺裡，堆著泡麵容器、牛奶盒及餐具。透進毛玻璃的光線中，兩隻大蒼蠅拍動著翅膀飛舞。

餐廳裡放著一張圓桌，粉紅與白格子相間的桌巾上鋪著透明塑膠墊，從光澤就看得出墊子表面附著各種液體。餐桌周圍擺著四把椅子，各搭配不同顏色的座墊，淡藍色、暗紅色、粉紅色、黃色。蓮屏住氣息，彎腰觀察，發現唯獨藍色座墊有坐過的痕跡，其餘都像新的一樣蓬鬆。

蓮的目光移向右手邊的客廳。玻璃矮桌加上茶褐皮革沙發，沙發後方的牆壁貼滿照片。走近一瞧，全是同一個人的生活照，只不過年齡不同。二十多歲、三十多歲、四十多歲，蓮快速瀏覽過去，青澀的笑容、端整的側臉、穿著雨衣趕到某地點的模樣、剛踏出建築物時的身影——有的微笑面對鏡頭，有的神色訝異，最多的是望向別處的表情。蓮原以為無數張照片的主角是認識的人，隨即明白並非如此。雖然常看到那位女性，可是他們不是朋友。

她是一名女演員。

拍過洗潔劑廣告的女演員。

與那些照片相隔一段距離的地方，貼著一張似乎是從雜誌剪下的照片。照片中是一個中年男子，也就是女演員的丈夫。幾年前，他們曾在電視上公布結婚喜訊，據說兩人年少時是同學。

男子的照片有些詭異，猶如遭利刃不斷戳刺，留下數不盡的細微凹痕，尤以雙眼周圍最多。

「發現老婆在外面有男人時，我真的很痛苦。」

蓮不禁雙手撐住額頭。

「對方好像是我老婆以前的同學。」

腦海中響起半澤的話聲。

「一回過神，我竟拿剪刀猛刺那張照片。」

半澤的「妻子」，幾次出現在閒聊中的女性，她在**這裡**。

客廳後方的門彼端，傳來電視的聲響。原不打算移動的雙腳，自顧自地帶著蓮前行。他握住冰涼的門把往右轉，一股明顯是糞尿的臭味衝進鼻腔。房間深處的電視開著，地板、牆壁、天花板隨螢幕光線時明時暗。電視前的椅子上坐著一名長髮女子，背影十分纖瘦。

「請問……」

沒得到回應，於是蓮靠近一步，但她根本無意回頭。電視螢幕照得房內明暗不定，蓮站在女子身旁，屏息注視著她。

蓮認得這張臉。

雙腳遭繩索捆縛、雙手反綁在椅背的女子，微笑般瞇著眼緊盯電視，嘴唇微張，口水緩緩流向下顎。她就是「翔子」。

電視節目裡有人放聲大笑，「翔子」彷彿發出「呼、呼、呼」地平穩呼吸聲，跟著一起笑。

窗簾緊緊拉上，橫槓上的衣架掛著西裝外套和裙子，那是高中制服。蓮感到相當眼熟，什麼時候、在哪裡看到的？對了，是最近的新聞報導。

半年前失蹤的短髮女高中生，也是同樣的制服。

蓮的視線轉回椅子上。從辦公室相框裡的照片看不太出來，不過近距離一瞧，五官輪廓真的是那個女孩。

解開縛著她雙手的繩索時，蓮的手指喀啦喀啦地發出機器故障般的震顫聲。他接著蹲下，鬆綁她的雙腳。不過，蓮隨即明白，她已喪失理解「恢復自由」的能力。她毫無移動的意願，只專注地看著電視，彷彿帶著淡淡微笑，又彷彿想起什麼美好回憶似地瞇著眼。

突然間，一陣「咻」地風聲劃過耳際，房內的空氣也微微浮動。蓮不禁全身哆嗦，回頭望向房門口，恐懼如長針般貫穿他的腦袋。

玄關大門發出聲響，蓮單手摀住嘴巴，好不容易忍住尖叫的衝動。沒有人的氣息，也沒聽見任何動靜，剛剛只是風吹動大門嗎？不，有聲音，鞋子的聲音。不像在行走，而像在玄關游移，隱約有鞋底微微摩擦水泥地的聲音。

（七）一個頭擬定策略

「看樣子是一氧化碳中毒。」

當時，半澤像在猜測什麼似地窺探楓的雙眼。

「這不是單純的意外，否則妳不會不報警也不叫救護車，甚至想隱瞞我。」

楓完全無法回應。

「要不要跟我說說？」

站在橫躺著的睦男屍體前，半澤巧舌如簧。

「不告訴我，我怎麼幫妳？現下這種情況，妳和阿蓮都無法處理吧，一定沒辦法的。我想助你們一臂之力呀。」

既然睦男的屍體曝光，楓其實有些自暴自棄，想向半澤坦白的心情頓時湧現。

仔細一想，或許楓潛意識便想依賴半澤。畢竟親生父親捨棄年幼的兄妹倆離家出走，母親再婚後，跟他們一起生活的繼父又是個無可救藥的爛男人。

於是，楓一五一十地述說，包括放學回家後，她發現小型熱水器的熱水沒關，房門及廚房的門卻緊閉；幾天前夜裡，蓮房裡傳出的廣播新聞；蓮計畫製造意外，殺害睦男等，毫無保留。

「晚點跟阿蓮三個人商量一下，肯定會有好的解決方法。」

半澤一臉堅強，神情猶如真正的父親。幸好全告訴他了，楓不禁暗想。

這時，半澤突然站起，彷彿發現某種未知生物，蹙眉靠近睦男的床墊。他蹲在橫躺著的男人肩膀附近，慎重地觸摸男人的臉及手後，訝異地倒抽口氣，指著睦男的脖頸。

「小楓，」他迅速回頭，「他還活著耶……」

至今，楓仍無法理解當時體內產生的情緒。

她確實鬆了口氣，卻有另一股更強烈的感覺，恍若瞬間遭巨大黑洞吞噬。那究竟是怎樣的感覺？聽到半澤的話，她為什麼開心不起來？楓對自己的反應十分困惑。

半澤恰恰相反，他很快察覺楓真正的心情。

「小楓……怎麼辦？」

沒錯，半澤開口問楓。

「他還活著，怎麼辦？」

見楓無言回望，半澤換了別的問法。

「妳希望我怎麼做？」

倘使能重返過去，楓一定會回答：請不要把我剛剛的話告訴任何人，不要把蓮蓄意謀殺睦男的事情告訴任何人。接著，楓會打電話叫救護車，通報家人因一氧化碳中毒昏倒，快點來救援。

「我會完成小楓的願望。」
半澤彷彿看進楓的眼底深處。
「妳現下想要我做什麼？」
楓覺得答覆前，似乎經過一段漫長的空白時間。
「請幫我殺了他。」
最後，楓聽到自己這麼說。

（八）他尋找鬼城的所在地

蓮屏住氣息，窺探玄關的情況。剛才的鞋子聲是什麼？是半澤回來了嗎？他為何不進屋？看不見的針尖銳地刺進蓮的背脊，肋骨內側的心臟恍若別種生物，逕自瘋狂暴動。
此時，蓮依稀聽到話聲。
哥哥——像是小孩的嗓音，蓮悄悄走近房門口，駐足聆聽。
「哥哥……」
這次聽得很清楚。蓮踏出房間，穿過客廳步向玄關。對方看到蓮，明顯嚇一大跳。原來是圭介，四天前跟哥哥辰也到「紅舌酒坊」偷竊的少年。他怎會出現在這裡？
「那個……對……」

吐出一句「對不起」後，少年的表情突然垮下，哭了起來。

「哥哥不會再犯，絕對不會再犯。」

蓮不懂圭介的話。

「我、我會求、求他，要他別再犯……所以……所以……」

圭介不斷嗚咽，跪在玄關前的水泥地上，幾近哀求地望著蓮。他渾身淋得濕透。

「所以，請原諒哥哥，把哥哥還……還給我。」

「你哥怎麼啦？」

蓮蹲下身子，迎上圭介的視線。圭介的下巴簌簌顫抖，嘴裡含著一些話。蓮聽不明白，口吻不免有點焦躁。

「發生啥事？你為何在這裡？」

圭介發出「啊呃、呃」地呻吟，上半身往後退。蓮察覺自己的態度嚇到對方，連忙調整語氣。

「告訴我，圭介，你為什麼會來？你以為哥哥在這裡嗎？」

圭介無法停止下巴的顫抖，張著嘴，愣愣凝望蓮半晌。

「哥哥……被抓走了。」

圭介小聲回答。

「我擔心哥哥……小心翼翼地跟著他……突然有輛車停下，司機強把哥哥拉上車。」

「那你怎麼來這裡？」

「我認得……開車的是酒坊的店長……以為哥哥會被帶到這邊……以為他是為上次偷竊的事抓走哥哥……」

半澤抓走辰也？為什麼？蓮的腦袋一片混亂，卻找不到答案。

剛剛家裡大門沒上鎖，楓則是不見人影。難不成妹妹也遭遇同樣的情況？蓮赫然聯想到這一點。可是，怎會這樣？又會被帶到哪裡？楓和辰也在一起嗎？兩人都被半澤抓走嗎？不懂，思緒亂成一團。現下，蓮只能確定半澤瘋了。半澤打算怎麼對待他們？他究竟有何目的？

腦海掠過一個念頭，蓮倏地起身。

半澤可能會去的地方……他本人是不是透露過任何線索？快想、快想，蓮催促自己。快想，在「紅舌酒坊」內，半澤說過什麼？自己又和他聊過什麼？

（九）鬼與她訂定契約

套上廚房的塑膠手套，半澤抓起電熱水瓶重擊睦男的頭部，為防萬一，又抽走楓制服上的領巾，狠狠勒住睦男的脖子良久。

「好，死了。」

確認睦男已無生命跡象後，半澤回頭望著楓，冷靜地宣告。

「最後只剩處理屍體，我會幫妳全部辦妥，幫妳把父親藏在絕不會被發現的地方。等過一陣子，小楓再通報警方父親一直沒回家就好。」

那份冷靜是楓唯一的依託。半澤在說明情況時，不見一絲遲疑或慌亂，讓楓更放心倚賴他。

「當然，我不會做白工。」

所以，從半澤口中聽到這句話時，楓的腦袋頓時停止運轉。

「我完成妳的請求，妳也得給我相等的報酬。」

報酬，楓喃喃重複。

對，半澤瞇著眼笑開。

「讓我自由地對待妳。」

楓一時無法理解他的意思。以往，楓對「自由」一詞只有明朗、開放的印象，不，只有一次染上黑暗、殘酷的印象。小學時，教理科的老師帶來山茶的樹枝，似乎是修剪校園盆栽後餘下的。樹枝上殘留含苞的花蕊，為了認識花蕊的構造，老師分給學生小鑷子、小刀及放大鏡，要大家「自由」分解。不到五分鐘，山茶的花蕊便四分五裂。綠色花萼如魚鱗散落在工作臺上，略帶粉紅的水嫩花瓣被弄得殘破不堪，慘不忍睹。

「至少要答應我這一點。」

昏暗的房裡，半澤緩緩靠近。

「把妳的身體交給我沒啥要緊的，妳不都豁出去弒父了？是小楓殺的吧？」

「我……」

「妳的確沒直接下手，不過，是妳求我的，對吧？妳要我殺了他，我才殺了他。雖然不願意，但沒辦法，我只能殺了他。」

以往人生中的任何一瞬間都好，楓想回到過去。後悔與恐懼緊縛全身，讓她動彈不得。

「沒事的，一點也不可怕。」

半澤的身軀逼至眼前，他的面孔逐漸接近，溫熱的氣息撫上楓的額頭。房內的空氣恍若變成沉重的油，楓突然失去現實感。半澤單手抓住楓的肩膀。

「別亂動，不能發出聲音喔。」

半澤說著，另一手也搭上楓的肩膀，猛然壓下。楓不曉得自己有沒有在呼吸，不清楚這情形是真是假，終於承受不住半澤的體重，雙膝跪地。而半澤也隨著動作，他的臉在楓的鼻尖開心地皺成一團，視線如舌頭緩緩舔過楓的全身。

「很快就結束，不用怕。」

心底有什麼在吶喊，彷彿追著那聲音，楓真的放聲尖叫。不過，還未響徹狹窄的房內，隨即遭半澤的手截斷。

「我不是說過不行嗎？」

半澤右手摀住楓的嘴巴，話聲低沉得宛若來自深淵。

「我會講出去喔，小楓殺死父親，拜託我殺死她父親。」

突然間，廚房的電話響起，一聲、兩聲、三聲……七聲、八聲……響個不停。半澤微微挑眉，往那邊望去，喉嚨深處發出輕微笑聲。

「搞不好是阿蓮。」

楓也想到這個可能性。蓮有事找楓或要她買東西的時候，也常從「紅舌酒坊」打電話回家。這個時間會打電話來的多半是蓮，現在正在響的電話那一頭應該是哥哥。

「真煩耶。」

半澤抓著楓的手站起，走向廚房。楓暗暗祈禱半澤會接聽，不，半澤或許會拿起話筒，然後馬上掛斷。只要隙趁大叫，打來的若是蓮，一定會立刻趕回家裡。但萬一是別人怎麼辦？對方肯定會察覺不對勁，推測發生什麼狀況。可是，現下不能讓蓮以外的人進到躺著睦男屍體的家。

然而，楓的猶豫是多餘的。半澤根本不打算拿起話筒，他直接蹲下拔掉電話線。鈴聲戛然停止，楓在內心描繪的哥哥身影也被瞬間抹去。

「妳想趁機尖叫吧？」半澤轉身望著楓，微微一笑。「不可以喔。」

楓無法回答。

「要是又有人打擾未免太掃興，乾脆手機也關一關。」

半澤取出手機、切掉電源，剛要放回褲袋時——

「啊。」

手機滑落，滾到腳邊。看準半澤彎腰撿拾的瞬間，楓使勁扭動上半身，甩開他的手，順勢反轉全身，拐傷的右腳踝傳來一陣刺痛。廚房的出口通往走廊，楓飛奔向前，背後響起粗重的聲息，半澤的手似乎掠過後裙襬。楓拚命跑到玄關，朝著門伸出右手，差一點，就差一點，終於摸到門把時，一雙手環上她的腰，用力將她往後拖。楓奮力打開門，正要從門縫呼救時，半澤發出警告。

「勸妳最好別妄想求救。」

儘管有些氣喘吁吁，話聲卻相當強勢。

「搞清楚妳做過什麼，又要我做了什麼。」

任門開著小縫，楓驀地回頭。半澤在走廊坐下，望著楓的目光毫無感情。

「小楓，妳才十四歲，阿蓮也不過十九歲，你們的人生還很長。希望妳衡量看看，怎樣比較有利。」

旁邊就是能逃出生天的出口。公寓的外廊、雨中的空地，能讓她大聲呼救的世界。可是，楓無法移動腳步。

「忍耐一下，所有麻煩就能順利解決。我會幫妳處理父親的屍體，且絕不會告訴任何人，真的。」

半澤緩緩起身，楓往門上靠。

「我要大聲叫人來。」

「還是不要吧，我不會害妳的。」

她真的打算尖叫嗎？真的打算出聲求救，鬧到警察出現，讓睦男的屍體曝光，讓自己的罪行公諸於世嗎？不，不光自己，連哥哥……

「連阿蓮……」彷彿看穿楓的心思，半澤接過話。「連阿蓮的人生都會毀於一旦。他計畫製造意外，殺害自己的父親。雖然沒成功，但也相差無幾，畢竟對方形同隨時可捏斃的小蟲。假如阿蓮沒那種企圖，小楓也不會拜託我殺死父親。」

楓講不出話，想不出足以說服自己的理由。

「小楓和阿蓮……你們都下手殺害父親。」

半澤站起，恍若要對楓歌唱般，緩緩伸出雙手。

「你們都是殺人兇手，不過，妳只消安靜片刻，就不會有任何人知曉這個事實。」

楓終於找回聲音。

「不要今天。」

她需要時間思考。

「你若硬想對我出手，我會尖叫，我會呼救。」

楓不清楚她究竟有沒有勇氣實行，但這些話是唯一能保護自己的武器。半澤陷入沉默，一動也不動。他半瞇著眼凝望楓，像在看不見的天平上放小砝碼，神情相當慎重。終於，他嘆口氣。

「好吧，真拿妳沒辦法。」半澤說。「今天也沒時間，那就改天吧，反正妳逃不掉。」

講到最後，半澤浮現不曾有過的殘忍表情。

「妳應該明白，絕不能告訴阿蓮。我很了解阿蓮，要是他知情，八成會報警坦白一切，然後贖罪……」

是啊，蓮一定會這麼做。

「那麼，他的人生就毀了。」

半澤的話聲繼續。

「假如他真的報案，我會否認。不管問我什麼，我都會回答：咦，怎麼回事？這樣的謊言肯定能瞞過警方。畢竟電熱水瓶上沒有我的指紋，勒住他脖子時，用的也是妳的領巾。」

重擊睦男頭部前，半澤戴上塑膠手套的原因，及他特意拿楓的領巾勒睦男脖子的原因，楓此刻才恍然大悟。

「我幫妳把屍體藏起來吧，要是被阿蓮發現可不妙。」

語畢，半澤便熟練地處理起睦男的身驅。他雙手撐住睦男的腋下，拖到廚房，打開地板下方的收納庫。大致取出較重的物品後，拉起收納庫放在地板上，接著把睦男丟進空出的大洞。移動過程中，睦男額頭的傷口流下幾道血痕，滲入緊縛脖頸的領巾。

「等妳下定決心，就打電話到店裡。不過，沒多少時間讓妳猶豫，屍體最好在發臭前處理掉。萬一發出屍臭，難保阿蓮不會發現，到時可就前功盡棄。」

聽懂嗎？半澤笑道。那笑容自然得讓楓不寒而慄。

「或許這樣比較好。」

半澤雙手拍拍胸口，自顧自地點頭。

「我不太想對妳使用暴力，那樣就不是隨我自由對待妳了。以前我失敗過，人心實在脆弱，一強迫馬上壞掉，害我嚇一大跳。」

楓聽得一頭霧水。

半澤留下這些話便離去。

楓跌坐在地板上，將頭埋進膝間哭泣。怎麼辦？真的已無路可逃嗎？楓不斷思考，終於想到唯一的解決方法，那就是讓地板下的屍體消失。

把屍體藏在半澤找不到的地方，那些威脅便喪失意義。半澤若逼問，裝傻就好。只要楓堅持不知道，半澤也無可奈何。他總不會專程跑去警局，抱怨屍體不見吧。

對，只有這個方法。

當然，楓很清楚光她一個人是辦不到的。她不可能獨自處理睦男高大的屍體，八成連拖出家門都有問題。就算順利拖出家門，也無法搬運。要是她會開車……

驀地，楓想起蓮高中時曾炫耀：

「我們坐學長的車去運動公園，是我開的車。那就跟玩遊樂園的小型賽車沒兩樣。」

隱瞞事情的始末，讓蓮幫忙處理屍體。

若是如此，危機或許能解除。可是，要編什麼理由，蓮才會幫忙藏匿睦男的屍體？當然不能提到半澤，否則就得談及半澤對她的要求，等於全盤託出。

必須是楓單獨殺害睦男，不然無法說服蓮。但最重要的動機呢？這雙手殺害睦男，需要怎樣的理由？

最後，楓編出那個謊言，打算等蓮回家就告訴他。

——由於遭睦男強暴，她太過憤怒，失手殺了睦男。

不過，楓立刻發現這謊言有漏洞：睦男的屍體已藏在地板下。雖然時間充足的話，並非楓體力不可及的事情，但找不出動機。既然是遭到強暴，憤而殺死對方，何必藏起對方？假如希望蓮幫忙處理屍體，又為什麼把屍體推落地板下？

不久，她腦中掠過一個念頭。

只要告訴蓮，她原本打算自己想辦法，會藏起睦男屍體也就不難理解。

這樣或許能讓半澤無計可施。睦男的屍體消失不見，而楓堅稱毫不知情，半澤便無法對楓出手。

一抬頭，半澤拔掉的電話線映入眼簾。臉頰仍帶淚的楓爬過去重新插上，電話立即響起，她不禁一僵，還是之前那通嗎？

她起身取過話筒，對方沒出聲。不，聽得見細微的動靜，蓮似乎在與某人交談。

「哥哥？」

呼喚幾次後，蓮接起電話。

「楓嗎？妳怎麼在家？」

楓捨棄眼淚，為達成目的遺忘哀傷。

「颱風太大，我剛到家。」

然後，謊言揭開漫漫長夜的序幕。

回憶當日，除了後悔還剩下什麼？全盤皆錯，步步失敗。儘管順利和蓮一同將屍體藏在秩父的山裡，卻有人知曉他們的犯行。

當天夜裡，那個低年級生——溝田辰也，一定曾目擊她和蓮搬運屍體離開公寓。原來被逼入絕境的不是半澤，而是楓。

楓由衷後悔在半澤的威脅下，供出辰也的名字，還交給他運動會的照片。半澤現下肯定是去抓辰也滅口。全怪她，是她害辰也丟掉小命。那兩封恐嚇信或許不是認真的，何況他根本沒任何動作。

待在光禿禿的水泥地上，楓雙腳不停顫抖，反綁的胳膊幾乎已無知覺。

此刻，依稀聽見一些聲響，像是有東西撞上通往外部樓梯的門。

是半澤嗎？楓望向門口。伴隨咿地一聲，門拉開明亮的小縫，楓瞥見一道人影。

（十）龍在鬼城無言吶喊

「我追加支付的金額，讓施工暫停。」

辰也一步步爬上大樓外部樓梯。恐懼與困惑奪走他雙腳的知覺，明明踩著水泥梯，卻猶如浮在水中。他雙手遭膠帶緊緊反捆在後，而封住嘴巴的膠帶，則從雙耳下方繞到後腦勺，黏得很牢。

半澤從後面抓住辰也的皮帶，不讓他有機會逃脫，同時施力強迫他前進。他另一手拿著水果刀，刀尖不時喀喀喀地劃過牆壁，興奮得喋喋不休。

「期間這裡不會有人，正好方便我跟楓在一起，也正好用來處理你。」

這已是第六次拐過轉角處。

「待會得拿毛毯來……啊，我打算和楓在這邊待上一陣子。突然帶她回家，要是她放聲尖叫可不妙，最好先慢慢確認彼此的心情，況且，還得向她介紹翔子。噢，翔子是我女兒。別磨蹭，快走。」

半澤粗暴地推辰也。

「我要當著楓的面處分你。雖然答應幫她解決恐嚇者，但光口頭上約定，她大概不太相信。別看她那樣，其實戒心滿重的。」

往右拐過一個轉角，繼續往上走。綿綿不絕的雨淋得辰也左半身又濕又冷。

從半澤自言自語的片段中，辰也逐漸拼湊出事情的真相，明白楓和半澤做了什麼，及半澤想除掉他的理由。

我知道妳殺了人，我握有證據。

半澤說楓住處的信箱裡，放著寫有這種內容的恐嚇信。

不知為何，楓似乎認定那是辰也寫的。

然後，半澤打算在楓的面前除掉辰也。

「解決你後，楓總該乖乖聽話吧。再怎麼說，我已給過兩次恩惠，不但替她殺掉父親，還幫忙料理你這個恐嚇者。」

半澤殺害楓的父親，這點應該沒錯。

楓的哥哥蓮，也與那起犯罪有關嗎？四天前的夜裡，辰也和圭介目擊兩兄妹從公寓搬出大型行李。如同辰也的懷疑，那果然是他們父親的屍體。換句話說，半澤殺害楓和蓮的父親，而兄妹倆把屍體運出公寓處理掉，是嗎？但，為何半澤的話裡完全沒提到蓮？

辰也絞盡腦汁，依然搞不懂。

不過，就算他搞懂，也沒多大意義。

好想回家。在第八次轉彎處，辰也一度閉上的眼簾浮現圭介的身影。經過今天早上的事，圭介不曉得有什麼反應？怯懦的弟弟會擔心突然拍桌離家的哥哥嗎？還是早已感到厭煩？

「其實我看見了。不是全部，只瞄到一點。」

圭介瞥見辰也寫在英文單字本上的內容。

「哥寫的是恐嚇信吧？」

那是給里江的，大意是「兩年前，在海邊殺害母親的是妳」。

當然，他不過是寫寫而已，並未交到里江手上。更何況，他根本不是真心那麼認為，只是不得不寫。對他來說，這是必要的。

他想起昨天早上的事情。

圭介突然提起藤姬傳說時，他其實非常驚訝。

「或許藤姬不是怨恨繼母，而是怨恨情人，才會變成龍。」

圭介的推測和他幾天前想到的一樣。畢竟是兄弟，所以思路很接近嗎？

殺害藤姬的是對岸的情人。

辰也頭一次產生這種想法，是在四天前颱風來襲那天。

當日，辰也沒去上學。前晚在熄燈的兒童房裡，他告訴圭介藤姬的故事後，突然十分思念母親。他想見母親，想看看母親的身影，於是假裝出門又折返，尋找那卷拍有母親在海邊的最後身影的錄影帶。他猜測錄影帶是里江刻意藏起的，大概是身為繼母的複雜情感所致。

果然，錄影帶在里江房裡。她偷偷收在壁櫥放衣服的箱中，壓在冬衣下面。辰也拿出錄影帶，放進客廳的錄影機。

影片的開頭出現他沒看過的場景。出發到海水浴場的早上，整理著行李的父親問母親：

「妳拍這個做什麼？」

父親拿著泳圈盤坐在房裡。

「今天全家要去海邊。」

攝影機旁傳來母親的話聲，掌鏡的是母親。

「別忘記準備麥茶。」

父親擺擺手讓母親離開，那一幕就結束了。

當時，辰也腦中忽然浮現前晚提起的藤姬傳說。遇害的藤姬，與故意破壞她小船的繼母，但事實真是如此嗎？會不會兇手不是繼母，而是她的情人？會不會是厭倦藤姬的情人，計畫設下的圈套？所以，藤姬才帶著怨恨與哀傷變成龍？停不下聯想，辰也盯著螢幕，胸口的黑色物體不斷增殖。兩年前的海邊，莫非是父親殺害母親？由於想和里江結婚，便製造意外除掉心臟不好的母親？難不成將泳圈放進旅行袋時，父親悄悄動過手腳？

簡直荒謬，怎麼可能有這種事。

可是，一旦萌生懷疑，便再也揮之不去。父親割泳圈一刀之類根本沒目睹過的畫面，猶如在漆黑螢幕上放映般，不斷在腦內重播。藤姬詛咒著情人，緩緩沉入沼澤的痛苦身影浮現，彷彿有隻無形之手倏然抓住辰也。他既畏懼又困惑，這念頭從何而來？不可能的，父親怎會謀殺母親？

早知道不該看錄影帶，早知道昨晚不該提到藤姬傳說。

他好想忘記，好想抹去那些不斷冒出的影像，但要他改變想法，認定那純粹是意外實在太難。雖然只有一點點，卻無法趕走對父親的疑慮。不，或許算不上疑慮，那就宛若餐廳桌面殘留的菸痕，僅是一處醒目的印記。然而，最愛的父親在記憶中沾上黑色汙漬，仍讓辰也非常哀傷。所以，他試著想像殺害母親的真兇另有其人，如此一來，便能從心底拔除父親的嫌疑。

要說另有其人，也沒第二人選了。

辰也試著假設里江害死母親，但光想就覺得不可能。之前，辰也曾告訴圭介是里江謀殺母親，其實那是違心之論。他想藉此拉開與里江的距離，若由衷接受里江，難保不會再次嘗到接獲父親與母親惡耗時的痛苦，充滿絕望的日子又將來臨。偶爾，辰也躺在床上，驀地憶起去世的兩人，仍會湧現強烈的情緒，直到恢復平靜、淚水消失為止，他總是拚命搖頭，不斷地搖頭——所以，他刻意向圭介說那種話，讓自己討厭里江。倘使必須背負失去的哀痛，他寧可不要和里江成為家人。因此，如今才要逼自己相信里江真的是殺母兇手，實在不容易。

於是，辰也採取的對策，便是那封告發信。假如親手將根本不存在的疑惑化為文章，是不是就能讓想像成真？假如在筆記本留下字句，是不是就能說服自己接受紙面上的事實？沒錯，辰也坐在書桌前寫的是要給里江的信，只不過真正的收件人是他自己。辰也認為這是一石二鳥之計，先前不時灌輸圭介的想法，或許能就此埋入心底，不僅可藉以忘記對父親的可笑懷疑，還能確保往後不會喜歡上里江，不會當里江是真正的家人。

從當天起，辰也便撕下筆記本的那一頁，一直放在書包裡。課堂上，心頭若又浮現一絲對父親的疑慮，他就會拿出來看；忍不住想到里江準備的美味早餐時，他也會趕快攤開讀一遍。為厭惡里江，為抹消內心標記父親嫌疑的焦痕，這樣究竟能有多少功效，現下他還不清楚。

「停。」

半澤突然拉住辰也的皮帶，他一時失去平衡，腳步一頓，鞋尖踢到掉落在地的小螺絲釘。伴隨響亮的一聲，滾動的釘子撞上嵌在牆面的鐵門。

那是建築物的頂樓。

「進去吧。」

半澤低聲催促，握住門把一轉，風呼嘯著竄進門縫。當聲音消失，隱約可看見半開的昏暗門內，有道靠坐在牆邊的人影——是楓。

「抱歉，讓小楓等這麼久。我終於抓到溝田辰也。」

看見半澤和辰也，楓不禁露出絕望的表情，顯然她在等待救援。穿著制服的楓雙手反綁在身後，雙腳也縛著繩索，不過似乎沒受傷。

「就是這傢伙吧？寫恐嚇信給小楓的野蠻人。」

半澤搭著辰也的肩膀，慢慢走向楓。楓默默不語，僅垂下目光，緊抿著唇。

「小楓，沒錯吧？」

楓答不出話。半澤以只有辰也聽得到的音量咋舌。

「哦，小楓怕這個野蠻人，所以不敢指認，對不對？不要緊，我馬上幫妳解決掉他，就再也沒啥好怕的。」

「……你還想瞞什麼嗎？」

楓抬頭望著辰也，辰也搖搖頭。一切都是誤會，妳被這男人騙了。

半澤站定，注視著辰也。白眼球中央彷彿開了個深不見底的黑洞，沒有任何情緒。辰也從未遇過那樣的眼神。

「不行喔，做人要誠實。」

突然間，半澤拿出水果刀，毫不猶豫地刺向辰也的腹部。辰也拚命掙扎，刀尖只刺穿制服襯衫。半澤輕哼一聲，粗暴抽回小刀，襯衫嘶地劃開幾公分。

「那麼，我馬上處理這小子。小楓，看清楚，我幫妳擊退敵人。」

半澤粗壯的胳膊抓著辰也的皮帶，強將嘴巴封著膠帶、雙手固定在背後的他，推到楓面前。

「請……住手，」一顆透明淚珠滑過楓白皙的臉頰，「讓他回家……」

然後，滿溢的淚水便泉湧而出。辰也曾多次想像楓為自己哭的模樣，但並非在這種情況下，應該是在更和諧、充滿喜悅與感動的時空。

「那怎麼行，小楓，不能放任這小子不管，不能不擊退他。」

拜託，求求你——楓不斷重複，激動地抽泣。

「我會聽你的話……絕不抵抗……」

好想殺了這男人，辰也暗想。然而，他明白自己沒那能耐。現下別提殺人，手不能動、嘴不能張的他，無法救楓也無法救自己。辰也從楓哭泣的臉龐移開目光，只見空蕩蕩的樓層，視野一角有漆黑的牆壁及幾個尚未裝上窗框的方形洞口。風鑽進洞口，掠過地板，由反方向的牆壁竄出。洞口外便是雨中的街道，這樣的景色將永遠消失在眼前嗎？帶著絕望、憤怒、哀傷，辰也凝望遠方，淚水模糊景色。此時——

「小楓，注意這邊。」

此時，辰也看到了。

「我要修理對妳做壞事的傢伙。」

那是……

「小楓，看這邊。」

灰色雲層的彼端，覆滿鱗片的巨大身軀，頂著凶暴的面孔凝望辰也。大雨中，龍那雙忿恨的眼睛，彷彿在控訴什麼的眼睛，緊緊盯著辰也，無聲地催促：快行動、快行動、快行動。

——**快行動**。

那句話化成銳利的箭，貫穿雲層，越過雨簾，刺進辰也的胸口。

現下，該怎麼辦？

龍已告訴辰也答案。

辰也微微挪動交疊在後的雙手，往右、再往右，努力伸長手指。接著，左手中指與食指探進制服褲袋，觸摸到某樣柔軟的東西，拉住一角，一把抽出。

楓馬上發現，不禁輕呼一聲。順著她的視線望去，半澤眼鏡下的瞳眸驀地瞪大。

兩人看到那條領巾。

辰也隨身攜帶的楓的領巾。

這是一個賭注。

我知道妳殺了人，我握有證據。

辰也賭上半澤在車裡默背的恐嚇信中的一句。楓以為威脅她的是辰也，以為辰也握有她犯罪的證據。雖不曉得她認定的「證據」為何，但極可能是這條領巾。她一定知道染血的領巾是在把父親的屍體搬出公寓時遺失的。

果真如此，放開領巾能否扭轉局勢？辰也想像不出情況會有何變化，亦不認為能逃過一劫。不過，或許——真的是或許，能有幾分活路。只要還有一絲機會，就不該坐以待斃，他得採取行動。

遠方天空中，隨著龍龐大的身軀翻轉，周遭的雲層移動，灰色天幕颳起強風。風轟隆隆衝向大樓，從洞口竄進樓層，拂過辰也他們的身體，倏地穿越另一側牆壁。夾在辰也指尖的領巾飛舞，順氣流徑直飄出牆上方洞，消失在天際。

「剛剛那是……」沉默片刻，半澤開口，「領巾吧？」

半澤放下刀子，戒備地望著辰也，慎選字句問：

「為什麼你……會有那種東西？」

半澤似乎忘記辰也沒辦法說話，半開著嘴注視著辰也，等待答覆。

「沒有……證據了。」楓啞聲道。「他……溝田同學掌握的證據就是那條領巾，原本我不太確定，現下終於明白。溝田同學方才已將證據丟棄，所以……放他回家吧。」

「咦，等等。為啥這傢伙有那條領巾？我完全不懂。」

半澤不停眨眼，連連追問。

「你是誰？該不會真的知道什麼吧？知道多少？有沒有告訴過別人？你不是局外人

嗎？你不會其實也參一腳吧？」

半澤太過震驚，似乎沒察覺話中洩漏絕不能讓楓聽見的關鍵字。辰也瞥向楓，只見楓不可思議地盯著喋喋不休的半澤。

「你向誰透露過嗎？說了什麼？難不成你真曉得我幹的事？欸，回答啊，快回答。」

半澤口吻益發焦慮，對著無法回答的辰也拉高提問的速度，愈講愈急。

「回答我，你是誰？知道哪些事？何時、在哪發現的？喂！」

半澤抓著辰也的喉頭，瞪大雙眼逼近。遭壯碩的身軀壓迫，辰也膝蓋一軟，背部與雙臂撞上堅硬的水泥地。半澤已語無倫次，不停吶喊著意義不明的話，抓著辰也的衣襟，猛力搖晃。喂、喂、喂！聲聲叫喊在辰也耳內迴盪，融合為一個長音。長音不斷重疊，時高時低，充斥著他的腦海。半澤瘋狂的表情忽隱忽現，周圍景色漸漸淡去。好痛苦，呼吸不到空氣，卻不斷吐息。氧氣不夠，不夠，不夠。

「……你在幹麻？」

逐漸遠離的聲響與景色中，最後傳來半澤的話聲。

「不准睡，給我說清楚，喂！」

喂……喂……喂……而後，他再也聽不見。

（十一）所有的河流匯集在城頂

儘管看到空中飄過紅布，但蓮急著趕路，沒發覺那是非常重要的東西。

「剛剛的……」緊跟在蓮身後爬上大樓外部樓梯的圭介出聲提醒，「或許是哥哥扔的。」

「辰也嗎？」蓮停下腳步回頭。

「颱風那天，哥哥撿到一大塊布。我不太清楚，只曉得上面沾有血跡。」

颱風夜，染血的紅布——蓮大吃一驚。

消失的領巾原來在辰也手上嗎？

「哥哥今天一定也隨身攜帶，大概是為了引起誰的注意而往外丟。我覺得方才那是暗號。」

蓮的視線移回空中。領巾飛得相當高，是在大樓上層嗎？依序從一樓找到三樓，都不見半澤、楓或辰也的身影。

「到頂樓。」蓮催促圭介。

果然在這棟大樓。

「我最近不是在大宮車站附近蓋大樓嗎？下雨期間工程延宕，真糟糕。」

蓮憶起在半澤在「紅舌酒坊」提過的話。

「現在若想殺人，那棟大樓說不定是最佳選擇，畢竟雨天根本無人進出。需要的話就借你用。」

拐過轉角，眼前就是頂樓的八樓。一片雨聲中，蓮聽到一陣嚷嚷，不由得駐足傾聽，沒錯，半澤的嗓音從上方傳來。他回頭一看，圭介緊閉雙唇，下顎微微顫抖。

蓮放輕腳步，緩緩接近八樓。此時，半澤的話聲又從牆上方洞傳出，像在斥責小孩，又像深感後悔。

蓮在鐵門前停步。

「你裝死嗎？喂，張開眼睛講清楚。小楓幹嘛也不說話？妳是不是曉得什麼？怎麼回事？為啥這傢伙有那條領巾？我不懂！」

楓果然在這裡。放心與不安同時湧現，蓮祈禱著握住冰冷的門把。

門一開，高大的黑影轉過身，是半澤，辰也跌落在他腳邊。辰也雙手墊在背後，癱倒在地，嘴巴到後腦勺遭膠帶密密嚴封。對面的楓坐在光禿禿的水泥地上，瞠著雙眼注視著蓮。

「咦？」半澤瞇起眼伸長脖子，右手仍握著水果刀。「阿蓮，怎麼到這兒？那小孩是誰？」

半澤從容的態度，讓蓮直覺感到害怕。

不能慌張，蓮告訴自己。

「我來帶楓回家。」

蓮往前一步。半澤冷哼一聲，咋舌搔搔後腦勺，再次轉向地上的辰也，猛然舉腳踢向他的頭。「磅」地沉沉一聲，響徹整個樓層。

「怎麼辦？情況、變得、棘手啦。」

每吐出一句，半澤便踹一下。辰也的頭搖搖晃晃，既未睜開眼睛，也沒起身，該不會已沒呼吸？不，大概是過度換氣而昏厥。

「別踢……」蓮的身旁傳出細微的制止聲。「不要踢……我哥哥。」

「哥哥？」半澤揚眉看著圭介。「這傢伙是你哥哥？你是他弟弟？」

圭介沒回答。他心裡充滿恐懼，根本發不出聲音。

半澤微偏著頭，視線轉回蓮。

「阿蓮，你還真能找到這個地方。」

「我在辦公室的抽屜裡，發現這棟大樓的施工承包單。」

這樣啊，半澤點點頭，隨即又搖頭問：

「可是，店門沒上鎖嗎？」

「辦公室後方的門沒鎖。」

蓮再靠近一步，半澤毫無動作。

「哎呀，我真不小心。」

「不止這樣，我拿備用鑰匙去過你家。」

蓮又前進一步，半澤仍無動於衷。

「什麼，你進去啦？不好吧。意思是你和翔子見過面？」

彷彿遇上極為普通的難題，半澤苦笑著，緩緩轉動脖子。蓮繼續往前一步，半澤終於有所反應。

「能不能停在那裡？」

半澤望著蓮，退至楓身旁蹲下。他左手撐住楓的脖子，右手握著小刀晃到她眼珠旁。

「好失望。」半澤嘆息。「我以為阿蓮是守規矩的人。」

背後傳來細微的呻吟，蓮迅速回頭，發現圭介慘白的臉上布滿淚水，跪坐在地，喃喃著聽不懂的話語。

「太過分了，阿蓮。怎麼能隨便進別人家？那樣不好吧，畢竟我就像你的恩人。半年來我不是很照顧你嗎？返鄉探親還帶土產紅蒟蒻給你呢。」

「隨便跑到別人家裡的，不止我吧？你不也擅闖我家，潛入楓的房間，甚至拿她放在洗衣籃裡的衣服做噁心的事情？」

「什麼嘛，你都知道？」半澤似乎挺高興的。

「你怎會有我家的鑰匙？」

「我拿去複製的，你不是都把肩背包放在辦公室的置物櫃？之前，我在背包裡找到鑰匙，便藉口要去舞屋，外出打一把新的。」
蓮完全沒察覺。
「我常藉口去舞屋，用那把鑰匙進你家。每次都撒同樣的謊，我真沒創意。」
半澤吸吸鼻子笑道。
「什麼時候開始的？」
儘管已曉得答案，蓮仍想確認。果然不出所料。
「七月左右，你們的父親總穿著西裝在白天外出，應該是去找工作吧。不知為何，我坐在辦公室時，常看到他前往公車站。所以趁他不在家，我就會去你們的公寓。」
「你發現那個人出門？」
「我只是沒告訴你。」
半澤自然一笑，接著拉近楓的臉頰，說：
「不如再透露一件大事。最近是不是都沒看到你父親的人影？其實他早就一命嗚呼，躺在廚房的地板下。你一定不知道吧？」
蓮知道。因為他和楓已把屍體搬出公寓，埋在秩父的山裡。
「小楓拜託我殺掉父親，我才下手的。小楓，沒錯吧？」
楓低著頭，緊閉雙眼。
蓮無法理解半澤的話。「是你……殺了他？」

殺害睦男的應該是楓吧？遭睦男強暴的她，衝動拿電熱水瓶擊昏睦男，再以領巾勒斃。然後，半澤不經意發現此事，才放那兩封恐嚇信在信箱裡。情況不是這樣嗎？

蓮終於察覺，似乎有些事搞錯了。

「能不能告訴我，究竟發生什麼狀況？」

好啊，半澤毫不猶豫地答應。

「順便而已，反正我打算除掉你們。噢，當然不包括小楓。她要和我一起生活。」

於是，半澤淡然敘述經過。

四天前的颱風天，他接到楓打來「紅舌酒坊」的電話，便假藉去舞屋，前往蓮的住處，然後發現橫躺在床墊上的睦男。

「怎麼辦？」他問楓。「妳希望我怎麼做？」

「請幫我解決他——小楓這麼拜託我，我才幫她完成心願。我是為小楓下的手，妳說對不對？」

實情與所知的相差太大，蓮不禁感到頭暈目眩。

「那麼，」蓮問低著頭的楓，「那男人其實沒對妳亂來？」

楓幾不可見地點頭。

「原來如此……」

鬆一口氣後，一股淡淡的安心感瀰漫，隨即便遭懊悔與哀傷淹沒。不難想像楓撒謊的理由，或許睦男是因半澤而停止呼吸，或許是楓央求他下的手，但蓮若沒設下陷阱，把睦男逼至瀕死狀態，就不會發生後續種種的憾事。當睦男之死公諸於世時，警方與大眾應該也會如此斷定。那是理所當然的，而蓮的人生將會掩上黑幕。

楓大概是不願蓮的人生毀於一旦，才略過蓮設下的機關，編出睦男是她獨自殺害的謊言，打算藉埋葬睦男的屍體解決一切。

「和哥哥有啥關係……」

背後傳來微弱的話聲。

「那根本不關哥哥的事。」

圭介顫抖著控訴。的確，局外人的辰也為何會在這裡，又為何遭到這樣的對待？

當然有關係，半澤毫不在乎地回答。

「這小子威脅楓，拿寫著『我知道妳殺了人』之類的恐嚇信給她，簡直不可饒恕。所以我把他抓來，正要處分他。」

霎時，蓮的腦袋一片空白。

這男人在講什麼？恐嚇信應該是半澤寫的，因為信紙和放在半澤辦公桌上的筆記本內頁一模一樣。

但是——蓮逐漸明白，原來如此。儘管不清楚是怎樣的情況交錯重疊，造成現下的結果，不過，半澤欲栽贓辰也為恐嚇信的寄件人，於是緊緊封住辰也的嘴巴。而後，在楓面前處置辰也，半澤便能立於優勢。雖然在這種情勢下，那已不可能發生。

蓮凝視著半澤。

「幹嘛？」

或許從蓮的神情察覺不太對勁，半澤鬆弛的臉頰一動，不安地垂下眼簾。

「阿蓮，你似乎有話想說？」

蓮看似回答半澤，卻轉向楓：

「楓，那些恐嚇信……」

突然爆發的音量響徹整個樓層，半澤張大嘴巴吶喊，狠狠瞪著蓮。他脖子以上彷彿換成另一種生物，表情是從未見過的猙獰。

「別胡言亂語，講了不該講的話，小心我讓小楓受傷，雖然我不太願意。恐嚇信是這個國中生溝田辰也寫的，就是他威脅小楓。對不對，小楓？」

楓雙唇發顫，仍緊盯著半澤，努力想釐清眼前的狀況。半澤瞬間迎上她的視線，臉頰微微抽搐，隨即瞥開目光，俯看腳下的辰也。

「所以，我要幫她解決這個野蠻人。」

叩，皮鞋踢辰也的頭一腳。

「居然敢威脅小楓，真是不要命的兔崽子，簡直是垃圾。」

半澤又踢一腳。

「夠了沒，快起來。我不要殺睡夢中的你。」

蓮憤怒得渾身發抖，腦袋裡一股熱流就快衝破額頭。他右手慢慢移向褲袋，恍若喪失現實感，借別人的雙眸從高處俯瞰。他指尖碰到硬梆梆的金屬，往下握住摺疊小刀。楓迅速投以關切，神情十分畏怯。

此時，蓮察覺一股奇妙的氣息。

某種未知的龐然大物，擺動著巨大身軀逐漸逼近。烏雲密布，昏暗的樓層內益發陰沉。忽然，響起「沙」地一聲，那是何種聲音？蓮一時無法分辨。霎時，一陣強風侵襲，雨珠從牆上的方洞橫打進來，彈落在地。半澤瞄向外頭，彷彿撞見恐怖的東西，大大張著嘴。不，或許半澤純粹是為突來的雨勢感到詫異。此刻，蓮發覺視野一角有什麼在直線移動。

原來是圭介。那輕快的腳步直到近旁，都沒讓對方發現。趁半澤轉身之際，圭介猛然一撞。半澤立即倒向一邊，激烈揮舞著雙手，背部墜地。蓮彷彿要衝破眼前的空氣，竭力奔向前，並從口袋抽出右手。半澤粗喘著坐起，見圭介扶著癱倒的辰也拚命說些什麼，便以野獸襲擊小動物般的氣勢撲向圭介，手中的水果刀就要刺進他毫無防備的背部，楓忍不住高聲尖叫。這一瞬間，蓮的右腳踢上半澤的肩膀，半澤發出短促的哀嚎，再度跌落。

「快逃！」

蓮不曉得自己在提醒誰，遭捆綁的楓、失去意識的辰也、扶著辰也的圭介，現場沒人能逃。

蓮無意義地叫喊著，壓住倒地的半澤。他左手箝制半澤拿水果刀的右手，將自己的右手高舉到頭上，卻忽然停下動作。對某人揮刃相向，蓮辦不到。半澤沒錯過大好機會，立刻掄起左拳毆打蓮的太陽穴，蓮於是從半澤身上滾落。半澤想迅速起身，蓮奮力以右腳鞋尖踹向半澤右手，水果刀頓時飛向空中。半澤隨即奔向刀滾落之處，但又察覺不太對勁，倏地駐足，注視著蓮的背後。

圭介撐住癱軟的辰也腋下，努力把他拖往外部樓梯。兩人已遠離三公尺，不久就能走到通往樓梯的門。

聽見半澤的怒吼，圭介渾身一僵。半澤逐漸逼近嚇得縮在原地的圭介，不料，蓮突然拿刀刺向半澤，擋住他的去路。半澤扭身避開，踉蹌止步，似乎瞧出蓮眼底的殺意，神情懷疑中帶著恐懼。接著，半澤低哼一聲，直奔過去揀水果刀。為阻止半澤，蓮緊追在後，伸出左手抓住半澤的襯衫，使勁往旁邊扯。半澤用力跺腳，好不容易撈起水果刀，搖搖晃晃地想維持平衡，卻不慎絆到另一隻腳，大大顛簸一下。他背部撞上寫著「注意」的警告牌，懸掛牌子的鐵鍊鏗鏘作響，支撐的柱子傾倒，最後只見胡亂揮動的雙手——

他的身影倏然消失。

發生什麼事？

遙遠下方響起笨重的一聲。

半澤的身影似乎消失在預定設置電梯的方形洞口。

樓層間只聽得到呼吸聲。

隨著呻吟般的呼氣聲，圭介雙膝一軟，轉身抓住躺在一旁的哥哥。他撫著辰也被半澤踹成紅黑色的太陽穴周圍，試著搖醒辰也，卻毫無反應。於是，他努力撕開封住辰也嘴巴的膠帶。

「楓。」

蓮面向妹妹。楓抬起頭，齒間簌簌顫抖，圓睜著雙眼，彷彿目睹稀罕的龐然大物。

蓮切斷綁住楓和水管的繩子，解開她手腳的束縛。由於長時間受壓迫，肌膚有些瘀青，還留下掙扎滲出的血痕。

蓮離開楓身旁，從外部樓梯下樓。

半澤不在一樓，不在天花板方形洞口的正下方，也未滾落附近。該不會他預料到會墜樓，事前已做好萬全的準備？莫非他早逃到別處？蓮兀自揣測，不經意抬頭望去，發現層層相通的方形洞口，在三樓邊緣有個黑色物體，似乎是半澤的後腦勺。原來他沒掉到最底層，但蓮不認為他能揀回一條小命。

蓮爬上三樓。

倒在洞口旁的半澤一息尚存。蓮一走近，半澤便轉動眼珠望著他，右手一抖。難以置信的是，半澤仍握著水果刀，不過顯然已沒舉起的力氣。半澤的視線從水果刀移回蓮身上。

「喏，阿蓮。」

一如往常的話聲，音量雖然略小，但幾乎與在「紅舌酒坊」天南地北聊天時沒兩樣。

「告訴你一個祕密。」

蓮單膝跪在半澤身旁，「什麼？」

「颱風那天，我接到小楓的電話，抵達你們家時……」

半澤的眼神突然變得空洞，蓮確實感到半澤的意識逐漸遠離。然而，或許想抓住僅存的意識，半澤朝空無一物的地方伸出左手，胖胖的指頭微微痙攣，握住空氣。

「阿蓮，你們的父親……」

半澤留下的最後一句話，狠狠刺中蓮毫無防備的心。那是研磨得非常銳利，且猶如魚叉前端一樣倒鉤的話語，一旦刺中，便無法抽出。

但那真的完全出乎蓮的意料嗎？蓮是不是已隱約猜出半澤要告知的事？一次也沒有嗎？還是，明知不無可能，他仍佯裝沒察覺，甚至視而不見？

「其實早就一命嗚呼。」

這句話瞬間將蓮推入沒有知覺的世界。

「我想施惠給小楓，才說他尚未斷氣。接著，我毆打沒有呼吸的屍體，緊緊勒住屍體的脖子，假裝是那時候幹掉他的。」

半澤肥厚的雙頰浮現淡淡微笑，瀕死的臉上，剎時流露扭曲的喜悅。

「殺死你父親的，是阿蓮你喔。」

(!)

終章

「……由於上游發生土石崩塌，周邊道路仍無法通行。這次的颱風及後續雨勢，為中部與關東地區帶來各種災情。不過，對自夏季起便嚴重缺水的地區，卻是求之不得的甘霖。不僅提供貧瘠的水庫大量水源，那些地區的家庭……」

九月十七日　星期五　晚間八點的廣播新聞

（一）河的最終

蓮與楓坐在榻榻米上，聆聽著雨聲。

拉掉隔間用的布簾，兩人面對面坐在房間中央。

「那個人沒有任何罪過。」蓮低喃著不知重複幾遍的話，「我卻殺了他。」

楓輕輕搖頭，劉海無聲搖晃。她並非否定蓮的話，只是不想承認眼前的事實。

「那個人很努力在找工作，一定是想修復與我們的關係。」

睦男為什麼不告訴蓮和楓？原因不明。會不會是曾對兩人拳腳相向，而感到愧疚？仔細回想，不論是突如其來的暴力舉動、把自己關在房裡，及無法傳達重新振作的想法，全有著相同的核心問題：結婚對象驟逝，留下他與沒有血緣關係的兒女在狹窄的公寓裡。從那時起，睦男的心裡就下著綿綿細雨，且直到最後，雨都未曾停過。

為什麼他沒察覺？為什麼根本沒親眼確認，便認定睦男總待在房內？為什麼他會斷定，楓的校裙是睦男弄髒的？想像會吞噬人，如同想像中的產物——龍，會將人類吞入腹中。現下，感到絕望的同時，蓮也深深體會到這一點。

從那棟大樓回到家裡已過兩小時，窗外一片漆黑，只有雨安靜地下著。

辰也不久便恢復意識。半澤踢傷的部位腫得很嚴重，但辰也堅持不去醫院。離開後，蓮打公共電話叫救護車，告知大樓的地址，及三樓倒著一個男人後，隨即掛斷。當然，半澤早在蓮面前斷氣，只是他不曉得還能怎麼處理。接著，他再度拿起話筒，通知警方發現一名女性遭到監禁，並報上半澤的住址，又趕緊掛斷。

兄妹倆與辰也、圭介在大樓前分手。

當然，他們必須找機會去警局，將一切交代清楚。或許無法再回到這幢公寓，但也莫可奈何，蓮和楓心底都明白。

只不過，兩人想要一點點說話的時間，所以回到家裡。

「為什麼會變成這樣？」

楓仍重複著相同的疑問。

蓮的回答依然沒變。

「不知道。」

語畢，蓮又喃喃一次「不知道」。

此時，窗外的雨聲轉強，彷彿試圖告訴他們答案。

遇上突如其來的雨，人們會撐傘、淋雨繼續走，還是駐足縮著脖子等待雨停？誰也無法判斷哪種選擇才正確，然而，行動的結果往往演變成意外的形態，露出獠牙，企圖趁隙掌握人的命運，有時甚至會抹去人生的立足點，不留任何痕跡。可是，人仍不得不做出最初的抉擇。難道人只能無助地望著雨傘與天空，進退不得嗎？

假如沒下雨，七個半月前母親不會出車禍；假如沒下雨，四天前睦男會和往常一樣外出找工作，不會吸入一氧化碳；假如沒下雨，楓會照預定到同學家念書，不會發現睦男倒在家裡；假如建築工程沒因雨暫停，半澤不會將楓和辰也帶往奪走他性命的大樓——但，那又如何？雨不能操控人類，在許許多多的情境裡，下決定的是自己。犯罪的人無法請求原諒，親手毀壞別人人生的他，已喪失仰望藍天的資格。

步出那棟大樓後，尋短的念頭便在蓮心中揮之不去。即使在蓮垂下目光、陷入沉默之際，那恍若墨黑生物般的念頭，也挺起上半身，伸長四肢，一步步爬過黑暗的胸口，就要鑽出喉嚨。蓮也有所察覺，才想著快要脫口而出時——

「我……」蓮聽見自己出聲，「只剩死路一條。」

楓的肩膀一震。

「只能選擇一死。」

這是贖罪唯一的方法。

楓抬起頭，靜靜地問：

「你打算怎麼做？」

蓮沒回答，無言地起身，取過放在房間角落的提包。揹起這個裝著煤炭、小型炭爐及打火機的提包時，所有的猶豫不可思議地瞬間消失，彷彿接下來要結束生命是非常自然的事情。

蓮推開大門，說：

「對不起，楓。」

蓮回過頭，但楓一語不發。在沒點燈的屋裡，她微微發亮的雙眼凝視著哥哥。

再度輕聲道歉後，蓮從鑰匙盒裡取出車鑰匙。

他穿過細雨走向停車場，坐上睦男車子的駕駛座。四周一片漆黑，只要從外面看不見煤炭的火，應該就不會被發現吧。

他將死在這裡。

蓮在膝上打開提包，往裡頭探去，隨即一頓。他抽出手，摸黑看著指間夾的東西。那是張對折的便條紙。

蓮點亮車內的燈，讀著紙上的圓型少女字。

煤炭我丟掉了。

你別淨想著這種蠢事！

是楓的字。妹妹何時寫下這樣的紙條……

此時，車門突然打開。

「颱風來襲前一天，我偷偷打開過那提包。」

楓站在雨中。

「發現裡面裝著煤炭、小型炭爐和打火機，我便猜你想自殺。」

所以，當晚楓就把煤炭全丟掉，改放進便條紙。

蓮說不出話。望著楓帶淚的臉皺成一團，他不禁揉掉手上的便條紙。他真的什麼都做不到，始終看著錯誤的風景，直到最後的最後，決定自我了斷時，居然得到如此愚蠢的結果。

「回去吧。」

楓輕輕搭著蓮的手勸道。

「回家再一起待一會兒？」

蓮走出車外，與楓並肩穿越停車場，踏進公寓大門。

倘若時光能倒轉到這場雨前，付任何代價他都願意。最後回頭看了看夜空，蓮暗暗思忖。人生絕不會天天都像晴朗時的川面一樣閃閃發亮，但他的生活會因芝麻小事微笑，也會因芝麻小事哭泣，如同一條平凡緩慢的河。他想在無數雨滴落下之處，尋找河水流到此一陌生地的原由，可是那裡只有無盡的黑暗。

每次都是這樣，驀然察覺往往為時已晚。

小時候帶妹妹去看電影，返家途中卻迷失方向。蓮一直以為，是在他突然抬頭的瞬間迷了路。然而，仔細一想，早在夕陽西下的街上，兩人就已迷路。每次抬頭之際，總是身處窮途末路，如今，再沒有大人會來尋找他們。

門一關上，雨聲便遠離。

穿過走廊，蓮在廚房前停步，轉身望著楓。或許是明白蓮的決心，楓迎上他的視線，點點頭，以手背抹去眼下混雜淚與雨的水滴。

蓮站在電話前，拿起話筒。

然後，濡濕的冰冷指尖按下一、一、〇。

（二）龍神之雨

「今天的事情……怎麼辦？要告訴警察嗎？」圭介站在兒童房的窗邊問。

不必，身旁辰也立刻回答。「我絕不會主動透露，雖然要是被問起，也只能坦白。」

暗黑的天空仍看得見細微的雨滴。雨滴筆直穿過陽臺另一頭，處處閃耀著銀色光輝。

廚房傳來里江洗東西的聲響，同時，安靜的房裡流洩著轉低音量的廣播。

辰也書桌上放著收音機，兄弟倆一直聽著新聞節目，猜想或許會報導今天的事情。不過，到目前為止還沒聽到類似的內容。

關於辰也臉上的傷痕，他們對里江堅稱是兄弟打架。

小五的圭介和國二的辰也打架，卻是辰也腫著臉回家，怎麼想都不自然，但里江並未深究。

「就相信我這一次。」

是辰也這麼說，發揮了效果嗎？

里江凝視著辰也半晌，眸光微微搖晃，輕輕點頭。

「別讓我擔心。」

辰也低下頭後，再度筆直望著她，明確回答：

「我明白。」

注視著這一幕的圭介，頓時覺得長久瀰漫在周圍的沉重之物，魔術般消失無蹤。他不清楚那是什麼，也不想知道，畢竟已不存在。

他憶起在那棟大樓前分別時蓮說的話。

只有家人，不論發生任何事都必須互相信任。

不管有沒有血緣關係，只要是家人就必須互相信任。

蓮最後留下這麼一段話。他蒼白的臉上毫無生氣，疲憊不堪，唯獨雙眼炯炯有神。不曉得蓮究竟遇上什麼狀況，也不曉得他為何突然冒出那些感想，他沒打算講明，兄弟倆亦沒多問。然而，蓮的話語在圭介心底激起很大的迴響，辰也想必有同感。點著頭的哥哥不見尖銳之氣，表情十分率直，就像以前常常和他一起玩的哥哥。

「……接著是發生在沖繩縣的可怕事故。一名發現龜殼花的當地男子，拿鏟子將龜殼

花切成好幾段，不料，正要撿起頭部丟進垃圾桶時，卻遭反咬。據熟悉蛇類生態的動物學家表示，那是龜殼花感應到體溫的反射動作……」

「沒播那則新聞。」

圭介轉頭看著收音機。

「是啊。」

辰也靠近書桌，圭介以為他要調整收音機，沒想到他打開掛在桌邊的書包，取出一張折起的紙。圭介馬上明白，是那封恐嚇信。

「你想看嗎？」

辰也回過頭。圭介猶豫片刻後，搖搖頭。辰也輕輕頷首，將對折的紙撕成兩半，又連撕好幾次，最後只剩細碎紙屑。

「兩年前，媽媽在海邊病發，我說是里江的陰謀。」

聽辰也突然提起這話題，圭介不自覺地凝視哥哥。

「那是我胡扯的。」

有點像嘔氣的講法。

「你應該沒當真吧？」

你未免太任性！圭介不禁這麼想，但要是脫口而出，或許情況會難以收拾，所以他暫且先點點頭。

「當然，那個人不可能做出那種事。」

「是啊。」

辰也啪啦啪啦地將撕碎的紙丟進垃圾桶，接著突然留意到什麼，再度望著圭介，口吻彷彿在斥責沒水準的傢伙：

「你不要叫里江阿姨那個人。」

太過分了，這次一定要反駁，圭介暗暗不平。然而，辰也接下來的話讓圭介完全失去語言能力。

「你認為媽媽的意外是自己的錯，對嗎？」

看著僵直背脊的圭介，哥哥繼續道：

「媽媽過世後，你一直那麼認為吧？媽媽是為了讓你放心才會勉強下水，要是當時沒多話，媽媽現下還會活著之類的。」

為什麼哥哥會曉得？他明明從未告訴過哥哥。

「只要住在一起，笨蛋都看得出來。」

辰也的目光移向漆黑的窗外。

「你那種無聊的想法早該丟了，要是讓媽媽知道……」

遲疑一秒，辰也接著說：

「她肯定會很生氣。」

圭介無法點頭，也無法搖頭，難以決定自己的心情。然而，辰也的話如同熱湯，慢慢溫暖他的身軀，慢慢包覆凍結在體內深處的冰冷。這讓圭介很高興，相反地，卻也感到悲傷難抑。

對話一停，收音機的聲音再度傳來。

「……的關係視線不良，司機不慎開錯路。走過頭的吊高車行經的道路上，電話線位置較低，無可避免地遭吊高車截斷。附近一帶現下處於無法通話的狀態，修復需要……」

「還是沒播那則新聞。」

辰也丟出這麼一句話，收音機流洩出另一則新聞。

「……今天早上，附近居民在水勢暴漲的荒川下游岸邊發現一具男屍，連忙通報警方。男子的身分不明，遺體損傷非常嚴重。據當地警員及消防隊推測，大概是前幾天颱風過後，在河川上游發生意外。男子年齡介於四十到五十歲中間，體型偏瘦，身高約一八〇……」

「全是一些無關緊要的新聞。」

辰也輕聲咋舌，又將視線轉向窗外。

圭介也下意識望著天空。此時，他注意到遠方的幽暗中似乎有龐然大物，但並非直接看見，而是感到一股氣息。那股氣息慢慢遠去，終於完全消失。他窺探身旁的辰也，哥哥彷彿沒察覺任何異樣，逕自發著呆。哥哥表情放鬆時，意外地孩子氣。這麼一想，不知為何，眼睛內側湧現一種甜蜜的疼痛。他趕緊吸吸鼻子，忍住淚水，重新面向窗外。

黑暗的天空，銀色的雨滴線。

收音機的新聞不知何時變成氣象報導，這次的雨勢為各地帶來各種災情，但對一部分的地區而言，卻是必須心存感恩的甘霖。

對他們而言，是哪一種呢？

圭介剛想問哥哥時，廚房傳來里江的呼喚聲。有味噌湯的味道。

漸漸聽不見雨聲。

清澈的空氣裡，只剩落下屋簷的水滴。

（全文完）

可這時發生了一件奇怪的事情。不知怎地，連惠印心裡也開始覺得龍眞的會升天了——豎起告示牌的原來就是惠印本人，按說他是不該有這樣荒唐的想法，但是俯瞰著這片烏帽恰似波濤般地翻滾，他便不知不覺地認定準會發生這樣一樁大事。

——〈龍〉

解說／臥斧

偏差的相信生出了龍——關於《龍神之雨》

※本文涉及《龍神之雨》情節，請自行斟酌是否閱讀。

日本小說家芥川龍之介寫過一篇名為〈龍〉的短篇作品。

〈龍〉的故事主角，是個名叫惠印的和尚。惠印的鼻子很大，常被取笑，還得了個「鼻藏」的外號；有天清晨，惠印偷偷摸到寺院附近的猿澤池畔立了塊告示牌，上頭寫著「三月三日龍由此池升天」。惠印原來只打算唬唬人、嚇嚇那些成天嘲笑他的和尚及村民，不料消息傳出去之後，不但開始有人繪聲繪影地說的確曾在池底瞥見龍的身影，到三月三日當天，除住在附近的村民之外，連外地人都湧到池邊來等著看龍升天。在這樣的情況下，惠印自然不敢做出登高一笑，說「哈哈哈你們都被我騙了」這種會犯眾怒的舉動，只能一起擠在人群裡等著；但看到這麼多人相信即將有龍升天，惠印自己居然也期待起來。此時，原本風和日麗的天氣，突然間烏雲密布……

道尾秀介的《龍神之雨》，與〈龍〉的核心主題，其實遙遙呼應。

《龍神之雨》以兩個有缺憾的家庭構成整個故事主線——其一，由高中畢業後在「紅舌酒坊」工作的蓮、就讀國三的妹妹楓，以及與兩兄妹沒有血緣關係的繼父睦男組成；另一，則由就讀國二的辰也、就讀國小的圭介，以及與兩兄弟沒有血緣關係的繼母里江組成。這兩個家庭的缺憾，並不在於親子之間沒有相連的血脈，而在彼此之間的緊張關係：睦男曾對子女暴力相向，蓮還因某些緣故，認為睦男對楓圖謀不軌；辰也一直無法接納里江成為母親，圭介則懷疑里江該對自己生母的死負責。

這兩個家庭看起來是很工整的對照，但其實道尾秀介在其中埋設了不同的衝突。

蓮與楓雖然感情融洽、彼此信任，但生母意外身亡之後，繼父睦男便開始藉酒消愁、對兩兄妹動粗，後來更把自己鎖在房間裡，偶爾出門，也不知是到哪兒去。相反地，里江一直努力想要成為合格的母親，辰也心裡卻一直無法接受，於是持續偷竊、藉以惹惱里江，圭介夾在兩人中間，也就顯得不知所措。蓮與楓面對的，是現在以及未來應該如何是好的問題；而辰也與圭介面對的，則是過去陰影一直縈繞、無法重新開始的問題。

針對這兩個家庭的狀況，道尾秀介引用了兩則古老傳說來對應。

蓮與楓這組，道尾安排的是日本神話裡素盞嗚尊斬殺八岐大蛇的典故。神話當中的素盞嗚尊被放逐到出雲時，為了救助奇稻田姬免於成為八岐大蛇的祭品，設計讓八岐大蛇喝酒醉倒，伺機斬殺。素盞嗚尊有好幾個名字，其中之一是「須佐乃袁尊」，蓮承繼自生父的姓氏便是「須佐」，而睦男喝酒、對楓別有意圖的橋段，正是八岐大蛇的翻版；蓮在酒坊工作，與素盞嗚尊對付八岐大蛇的手法對應，設法讓屋內充滿一氧化碳藉以殺害睦男的計畫，則與神話當中素盞嗚尊的斬蛇計畫，如出一轍。在這條故事線裡，龍與大蛇的形象重疊，代表的是某種必須除去的邪惡。

在辰也與圭介這組，道尾秀介則使用了手賀沼的藤姬傳說為對照。傳說裡的藤姬划船渡過沼澤去見情人時，發現繼母在小船上挖了洞，帶著怨恨沉到水底之後，化成一條巨蛇作亂。辰也與圭介的母親因為救生圈漏氣而在海中發生意外，以及圭介發現里江可能對事發當時的救生圈動了手腳，這些設定都與藤姬傳說相同；而辰也在對圭介講這個故事時，將藤姬化成的巨蛇改成龍，除了是因應圭介發問時的雨景之外，也有意美化生母的形象。在這條故事線裡，大蛇被改成龍，代表的是某種與真相有關、苦苦糾纏的執念。

從某個層面看，道尾秀介在《龍神之雨》中展現了極佳的設定技巧。

蓮、楓與睦男，辰也、圭介與里江這兩個家庭看起來相似卻又各自具備不同面貌的設計，即為一例；將古老傳說與現代事件相互對映的做法，也使用得十分嫻熟；角色之間搭蓋出不同層次的關聯、事件相互的穿插安排，每個細節都巧妙地到位。除了這兩個主要的家庭之外，「紅舌酒坊」店長半澤口中的美滿家庭，前半段以一種模糊幸福的圖像，凸顯兩個主要家庭的不完美，而後半段產生的翻轉，不但將這個虛像拆解，讓故事當中堆疊出的誤解在崩壞時擁有足夠的真相填補，也製造了閱讀上的衝突感受，令人訝異，而仍舊充滿說服力。

此外，道尾秀介對於主要元素的掌控能力，也十分純熟。

除了前述兩個家庭與不同傳說的設定對照之外，因為「龍」在東方被視為具有行雲布雨的能力，所以故事當中的幾個關鍵，都和「雨」或「水」有關，例如：蓮與楓的母親在雨夜發生意外喪生，辰也與圭介的母親則是因為海而殞命，故事裡主要的場景幾乎都在下雨，蓮要殺害睦男的計畫，則是透過熱水器來執行。

更令人欣賞的，道尾秀介並沒有讓《龍神之雨》變成一個單純炫技的故事。

在這些精密、相互嵌合的設計當中，道尾秀介使用了同一個主題將其貫串──這兩個家庭當中成員的情感關係不同，但無論和諧或緊繃，都因為某些原由而讓彼此產生了誤解及猜疑。誤解及猜疑一旦出現，沒有適時地溝通解釋，心裡的想像及後續的行動便可能朝某個自以為是的方向歪斜發展，最終抵達完全偏離真相的彼岸。

而這也正是芥川龍之介的〈龍〉當中所埋藏的核心主題之一。

「三月三日龍由此池升天」原來只是個惡作劇，但當相信的人夠多夠誠，就可能變成真的——或者至少在參與這事的人眼中看來如此。在〈龍〉這個故事的末尾，惠印坦承那個告示牌其實是自己豎立的，卻已無人相信——誤解在某個時點取代真相，原本並不存在的龍，於是活靈活現地衝向天際。

偏差的相信生出了龍，就算這個生物並不存在。

《龍神之雨》當中的所有誤會，盡皆如此。因為無法看穿人心的真相，在人與人的各種關係當中，無論是關懷、保護、自責還是怨懟，名為猜忌的毒龍，隨時隨地都可能被一句簡單的對話製造出來，進而在人心的縫隙當中放肆遊走，難以收拾。想要抵禦，需要努力地坦承及溝通，以及極大程度的信賴——偏偏在人際關係中，這些看似理所當然的態度，其實大多難以如願以償地出現，直到彷彿能夠滌淨所有罪惡的大雨降下，真相才有裸出的可能。

這是《龍神之雨》對人心的描寫，或許，也是道尾秀介對於人性救贖的希冀。

作者簡介／臥斧

除了閉嘴，臥斧沒有更妥適的方式可以自我介紹。

國家圖書館出版品預行編目資料

龍神之雨／道尾秀介著／珂辰譯； --.初版.- 臺北市；獨步文化：家庭傳媒城邦分公司發行, 2012〔民101〕
面 ； 公分. --（道尾秀介作品集：07）
譯自：龍神の雨
ISBN 978-986-6043-18-5（平裝）

861.57 101002294

道尾秀介作品集 07
龍神之雨

原著書名／龍神の雨
原出版社／新潮社
作　　者／道尾秀介
譯　　者／珂　辰
責任編輯／陳盈竹

版 權 部／吳玲緯
行銷業務部／陳亭妤、蔡志鴻
編輯總監／劉麗真
總 經 理／陳逸瑛
榮譽社長／詹宏志
發 行 人／涂玉雲
出　　版／獨步文化
城邦文化事業股份有限公司
100台北市中山區民生東路二段141號5樓
電話：(02) 2500-7696　傳真：(02)2500-1967
發　　行／英屬蓋曼群島商家庭傳媒股份有限公司城邦分公司
104台北市中山區民生東路二段 141 號 11 樓
讀者服務專線：(02) 25007718；25007719
24 小時傳真服務：(02) 25001990；25001991
服務時間：週一至週五　上午09:30～12:00　下午13:30～17:00
讀者服務信箱E-mail：service@readingclub.com.tw
劃撥帳號：19863813　戶名：書虫股份有限公司
香港發行所／城邦（香港）出版集團有限公司
香港灣仔駱克道 193 號東超商業中心 1 樓
電話：(852) 25086231　傳真：(852) 25789337
E-mail：hkcite@biznetvigator.com
馬新發行所／城邦(馬新)出版集團
Cite (M) Sdn Bhd
41, Jalan Radin Anum, Bandar Baru Sri Petaling,
57000 Kuala Lumpur, Malaysia.
電話：(603) 90578822　傳真：(603) 90576622
E-mail:cite@cite.com.my

美術設計／戴翊庭
排　　版／浩瀚電腦排版股份有限公司
印　　刷／中原造像股份有限公司
■ 2012年（民101）4月初版
定價／299 元

城邦讀書花園
www.cite.com.tw
Printed in Taiwan

　ISBN 978-986-6043-18-5

廣　告　回　函
北區郵政管理登記證
台北廣字第000791號
郵資已付，免貼郵票

104台北市民生東路二段 141 號 5 樓

英屬蓋曼群島商家庭傳媒股份有限公司

城邦分公司

獨步文化　　收

請沿此虛線剪下，將活動卡對摺、黏貼後寄回即可

黏貼處

== 獨步 2012 集點送 !==
推理御貓 bubu 的獻身
2012 年買獨步新書，集點換禮物！

5點 bubu 貓萬年記事簿

15點 bubu 貓馬克杯

20點 bubu 貓書衣（限量 200 份）

你是個超級日本推理迷嗎？每年總是大手筆購買一脫拉庫的獨步好書？那你就是 bubu 貓要獻身的對象啦！獨步將推出一系列 bubu 貓周邊禮品，只送不賣！贈予愛 bubu、愛日推的忠實獨步粉！

【活動辦法】：即日起至 2012 年 12 月 31 日期間，獨步出版新書書末皆附有「推理御貓 bubu 的獻身」活動卡，每卡附贈一枚 bubu 貓點數（見右下角），將點數剪下貼於下方黏貼處，即可依點數兌換 bubu 貓周邊禮品哦～

【活動期間】：即日起至 2012 年 12 月 31 日

【兌獎期間】：即日起至 2013 年 1 月 31 日（郵戳為憑）

【點數黏貼處】

請沿此虛線剪下，將活動卡對摺、黏貼後寄回即可

【聯絡資訊】

姓名：________________ 年齡：________ 性別：□ 男 □ 女

電話：________________

獎品寄送地址：________________________________

E-mail：________________ □ 我願意收到獨步電子報。

黏貼處

【注意事項】

1. 本活動限臺澎金馬地區讀者參與。 2. 參加者請務必留下有效郵寄地址，若贈品無法投遞，又無法聯絡到本人，恕視同棄權。 3. 本活動卡及 bubu 點數影印無效。 4. 欲看贈品實物圖請上獨步部落格：http://apexpress.blog66.fc2.com/

◀歡迎剪下我